프롤로그

* 이 도서의 국립중앙도서관 출판예정도서목록(CIP)은 서지정보유통지원시스템
　홈페이지(http://seoji.nl.go.kr)와 국가자료공동목록시스템(http://www.nl.go.kr/kolisnet)에서
　이용하실 수 있습니다. (CIP제어번호: CIP2020036463)

프리즘

손원평
장편
소설

은행나무

차례

여름

—

딱 적당한 거리

1

이 거리에는 사람이 많다. 참 많다. 너무 많다.

예진은 커피를 홀짝이며 생각한다. 투명한 텀블러 안에서 얼음들이 저들끼리 부딪혀 청량하면서도 몽롱한 소리를 낸다. 예진은 지금 건물 밖에 나와 있다. 부드러운 물결 모양의 차양이 내려진 모퉁이 건물. 계단이 건물 밖으로 비스듬히 나 있어 걸터앉기도 좋고 1층이 비어 건물 안의 누군가와 눈이 마주칠 가능성도 없다. 행인들은 바쁜 걸음을 재촉하고 예진은 그들을 은밀히 관찰할 수 있는, 작은 의미에서 전지적 시점이 가능한 곳이다. 사무실은 몇 블록쯤 떨어져 있지만 예진은 여기 서 있길 좋아한다. 처음엔 우연이었고 지금은 분명한 이유가 생겼다. '누군가'라는 강력하고 특별한 이유.

더운 여름, 너무나 선명한 날씨 탓에 눈을 저절로 가늘게 뜨게 된다. 그렇게라도 하지 않으면 실감이 나지 않을 도시의 낮이 펼쳐져 있다. 흔해 빠졌지만 어딘가 진짜 같지 않은 풍경이다. 오늘따라 강한 햇살이 사물들의 명도를 더 높여서인지도 모른다. 바쁘고 소란한 거리엔 쉴 새 없이 사람들이 지나다닌다. 그들의 입에서 나오는 언어도 제각각이다. 한국어, 중국어, 영어, 온갖 알 수 없는 다른 언어들……. 그들이 앞을 스치는 찰나의 순간 동안 뱉어내는 단어들이 예진의 귀에 꽂힌다. 뜻도 맥락도 알 수 없는 분절된 말들. 그 단어들을 모두 모아 문장을 만들면 어떤 의미가 될까. 의미 없는 낙서 같은 단어의 나열일 뿐일까, 아니면 아주 우연히 멋지고 아름다운 문장이 될까. 예진은 후자일 거라고 믿기로 했다.

예전엔 모든 것에 원인이 있다고 생각했지만 지금은 아니다. 그러기엔 너무 나이가 들어버렸다. 그래서 점점 우연이나 운이라는 걸 더 믿게 되어버린 건지도. 사람과 사람이 만나는 것도 그렇다. 이유도 목적도 없이 그저 우연한 것, 때로는 경이로운 것, 닮지 않은 부분들이 만나 더할 나위 없이 아름다운 전체가 되는 것. 예진은 그렇게 생각한다.

갑자기 예진의 머릿속에 세미가 떠올랐다. 크르렁 내뿜던 따뜻한 콧김과 물기 어린 눈망울이 선하다. 예진은 외양간이 딸린

집에서 태어나 초등학교를 졸업할 때까지 그 집에서 살았다. 세미는 예진이 이름 붙였던 송아지다. 엄마 소 정미가 새끼를 뺐다는 사실을 알고서 예진은 세미를 얼마나 기다렸던가. 예진이 중학교에 들어가면서 가족들은 광역시로 집을 옮겼지만 유년의 기억은 강렬하다. 눈을 감으면 예진은 도시의 소음 속에서도 바람에 흔들리는 풀꽃들의 소리를 들을 수 있다. 흠, 하고 숨을 들이키면 지금도 젖은 지푸라기 냄새가 나는 것 같다. 지긋지긋했던 곳. 쓸쓸한 저녁 향기가 이따금씩 오싹하게 느껴졌던 곳. 그렇지만 그리운 곳. 어느 날 아빠가 아무런 말도 없이 세미를 팔아버렸던 날부터 예진은 그곳을 용서할 수 없게 되었다. 그날 밤새 울던 정미의 울음소리는 그 뒤로 몇 년이나 예진이 꾸던 악몽의 사운드트랙이었다. 세미를 판 돈으로 예진에게 알록달록한 격자무늬로 꾸며진 커다란 선물상자를 안겨주던 아빠의 주름진 뺨이 꼭 등장하는 무시무시한 꿈이었다. 그런 장면들이 솜씨 없이 만든 홑이불처럼 예진의 머릿속을 스치고 지나간다.

격자무늬 상자 안엔 인형, 빗과 거울, 메모지, 연필, 모양자 따위의, 완구와 학습도구를 넘나드는 작고 귀여운 선물들이 가득 들어 있었다. 처음엔 시큰둥했지만 이내 예진은 그 상자가 세미의 유품이라도 되는 것마냥 그 안의 물건들을 보물처럼 아끼게 됐다. 그중에서도 예진이 가장 좋아했던 건 피라미드 모양의 삼각프리즘이었다. 어둠 속에서는 무용한 유릿덩어리에 불과했지만 햇빛과 함께라면 얘기가 달라졌다. 맑은 날이면 예진은 프리즘을 가지고 나가 시간 가는 줄도 모르고 햇살을 비췄다. 빛의 각도에 따른 선명도의 변화는 끊임없는 실험거리였고 해가 빚어내는 알록달록한 색의 물결은 경이롭기만 했다. 예진은 빛을 무지개로 만들어내는 그 마법 장난감이 좋았다.

대청소를 한 다음날이었다. 예진은 한참 프리즘을 찾다가 그것이 높은 선반 위에 우뚝 선 탑처럼 빛나고 있는 걸 발견했다. 까치발을 하고 손을 뻗자 차갑고 매끈한 표면이 만져졌다. 조금만 더. 예진은 더듬거리며 고사리 같은 손가락을 놀렸고, 뾰족한 꼭짓점이 손끝에 닿자 반쯤 성공했다고 생각했다. 프리즘은 아슬아슬하게 덜컹대며 예진 쪽으로 조금씩 자리를 옮겼다. 이제 다 됐다고 생각한 순간, 악— 비명 소리가 먼저 터져나왔다. 잔혹한 타격감에 발이 얼얼했다. 이어서 뜨끈한 느낌이 났다. 프리즘의 날카로운 모서리가 다리를 수직으로 긁으며 발등 위로 떨어진 거다. 예진은 놀라 숨을 몰아쉬며 바닥을 쏘아봤다. 그 잔인한 무기는 아무 일도 없었다는 듯 태연하고 꼿꼿하게 서 있었다. 예진의 그림자에 가려 아무런 빛도 내지 못한 채로.

이 일은 예진에게 아주 이상한 기억으로 남아 있다. 단지 그날의 사고가 다리에 지워지지 않는 연갈색 연필 모양 상흔을 남겨서만은 아니다. 어떻게 그럴 수가 있단 말인가. 그렇게 애정을 쏟았는데 돌아오는 건 도리어 상처와 아픔이라니. 그때 느낀 감정은 어른의 언어로는 배신감이었다. 너무 날카롭고 아름다운 건 결국 속성을 뒤바꿔 지울 수 없는 상처를 남기는 걸까. 답 없는 상념만 남았다. 그 뒤 예진은 프리즘을 두 번 다시 가지고 놀지 않았다. 그 물건은 어두운 신발장 구석에 처박힌 잡동사니가 됐고, 먼지와 세월의 때로 인해 표면은 거칠고 탁해져갔다. 다시는 빛을 만나지 못한 채 자리만 차지하고 있다가 기억나지 않는 어느 때 영영 사라졌다.

하루에도 수십 번을 보는 배달 앱의 오토바이가 굉음을 내며 지나가자 선물상자와 프리즘의 악몽은 일시에 머릿속에서 지워진다. 맞다, 난 이제 대도시 한가운데 서 있는 어른이구나. 유년의 한 자락까지 뭉게뭉게 퍼져나간 생각은 다시 현재로 단숨에 끌어당겨진다.

이곳은 서울 중심부의 번화가 효고동 길목. 다양하고 화려한 상점이 가득하고 뒤쪽엔 성형외과가 늘어선 골목이 이어져 있다. 2000년대 초까지는 도심의 구석이라 여겨져 아는 사람들만 드나들던 거리였다고 한다. 이제는 아니다. 예진은 이 거리가 자본에 완전히 잠식된 후에야 이곳을 알게 되었다.

거리에 처음으로 문화를 일군 상인들은 모두 쫓기듯 사라진 지 오래고 이제 이 길고 번잡한 길에는 한류관광객과 힙스터들이 찾는 핫플레이스가 가득하다. 소비자의 다양한 취향을 공략하는 첨단의 유행이 가장 먼저 시작되는 곳이기도 하다. 평생 단 한 번 마주칠 사람들이 도심 중간 좁은 냇물처럼 나 있는 거리를 매일같이 스쳐지나간다.

그러나 이 안에도 있다. 누군가가 있다. 내가 있고, 그리고 그가 있다. 예진은 작게 '있다'라는 단어를 중얼거린다. 그러자 이 소음도, 따갑기만 한 햇살도 성가시지만은 않다. 얼굴에 미소가 피어나는 게 느껴진다. 피어난다. 내게도 그런 일이 일어날까.

"왜 그렇게 웃어요?"

그다. 그가 나타났다.

"커피가 맛있어서요." 예진은 가볍게 머리를 숙이며 대충 둘러댔다.

단정하다. 도원에 대한 예진의 느낌은 변함없다. 옷차림도 자세도 말투도 단정하다.

"내 것도 맛있어야 할 텐데."

커피잔을 슬쩍 들어올리며 말하는 도원의 목소리는 언제나처럼 청량하다. 적당히 낮고 적당히 친근하고 적당히 거리감 있다. 예진이 알기로 적당한 것들은 모이고 섞일수록 퇴색된 결과

14

물을 낸다. 색깔을 더할수록 탁하고 어두운 색이 되는 것처럼. 그런데 도원의 적당함은 모여서 상쾌함을 자아낸다. 그래서 그가 더 좋은 건지도 모른다. 도원이 커피를 입에 가져다댔다. 그러고 보니 이렇게 더운데도 아이스아메리카노를 마시는 걸 본 적이 없다. 도원의 커피에선 늘 김이 난다. 모락모락.

"안 뜨거워요?"

"뜨겁죠."

"안 더워요?"

"아. 조금?"

정말 싱겁기 짝이 없는 대화다. 대화만 놓고 보면 재미도, 매력도, 아무런 얘깃거리도 없다. 하지만 도원이 싱긋 웃자 예진은 흔들리고 만다. 검은색에 가까웠던 커피는 거의 다 녹아 옅은 갈색이 되었다. 예진의 마음도 그와 비슷하다. 누군가를 좋아할 생각은 전혀 없었다. 그런데도 단단했던 마음은 녹아버리고 본래의 의도는 보기 좋게 탈색되고 말았다. 예진이 남은 커피를 쭉 빨아먹자 요란한 소리가 났다.

"시끄럽네요."

도원이 말했다. 얼굴에 친절한 웃음이 묻어 있다.

"그런가요?"

예진이 눈썹을 살짝 올리자 도원이 고개를 끄덕였다.

"이 거리의 소음을 다 지워버릴 만큼."

"제가 그만큼 영향력 있는 사람이라면 좋겠네요."

본심과는 달리 예진의 말투는 시종일관 무심한 쪽에 가까웠다. 마음을 숨기다 보면 그런 일이 발생한다. 도원은 이제야 가볍게 인사를 건넨다.

"그러고 보니 안녕."

"그러게요, 안녕."

예진도 짧게 대답하고는 두 모금쯤 더 커피를 마셨다. 그리고 손바닥을 보이며 다시 한번 말했다.

"안녕."

"안녕."

도원의 답을 뒤로하고 예진은 먼저 걸음을 뗐다. 슬쩍 뒤를 돌아보니 도원은 혼자 투명한 벽에 등을 기대고 커피를 마시고 있다. 시선이 내게로 향해 있진 않구나. 작은 실망감이 예진의 마음을 쿡 찔렀다. 도원은 무심하게 거리를 바라보고 있을 뿐이다. 조금 전 예진처럼 햇살에 눈이 가늘어진 채로. 어쨌든 오늘도 만났다. 예진은 작게 되뇌었다. 이것을 만남이라고 할 수 있을지는 모르겠지만.

예진은 도원을 좋아하기 시작한 순간을 종종 되짚어보지만 아무래도 잘 기억이 나지 않는다. '누군가를 좋아하지 않기'로 굳게 결심을 한 것까지는 기억이 난다. 그리고 도원을 알게 됐고 정신을 차려보니 이렇게 돼버린 거다. 술을 마시다 뚝 필름이 끊겨버린 것처럼.

확실한 건 도원이 좋은 사람이라는 점이다. 설명하긴 힘들지만 그것만큼은 확신할 수 있다. 그렇다면 꼭 그 사람과 특별한 관계가 되지 않아도 괜찮은 거 아닐까. 좋은 사람이니까 그냥 지금처럼 좋은 관계로……. 예진의 발걸음이 멈췄다. 아니, 그건 좀 곤란할지도. 다부지게 고개를 젓고 예진은 다시 발걸음을 옮긴다.

정오가 막 지난 시간. 사람이 밀려들기 시작하는 때다. 불과 십 분의 산책 동안 예진은 수십 개의 가게와 수백 명의 사람을 지나쳤다. 긴 거리를 끝까지 걷고 몸을 돌려, 왔던 길을 되돌아온다. 그새 도원은 사라지고 커다랗게 '임대'라고 써 붙인 통창만이 텅 빈 배경처럼 펼쳐져 있다. 도원의 부재를 깨닫는 순간 예진은 작은 슬픔을 느꼈고 그러자 자신의 마음이 꽤 커져 있다는 걸 알게 됐다. 으. 예진이 골치 아픈 듯 두 주먹으로 관자놀이를 통통 쳤다. 문제야 문제. 짐짓 자신의 일이 아니라는 듯 중얼거린 뒤 힘차게 건물 안으로 들어가 막 닫히려는 엘리베이터를 잡아 탔다.

"뭐가 문제라는 거야?"

예진의 말을 엿들은 팀장이 뒤따라 들어오며 의뭉스럽게 물었다.

"날씨요. 너무 덥잖아요."

예진이 아무렇지 않게 답했다. 엘리베이터가 둔탁한 소리를 내며 그들을 목적지인 13층까지 무사히 데려다줄 동안 그녀는 입을 꾹 닫고 높아지는 빨간 숫자를 끈질기게 올려다보았다.

2

도원의 스마트폰이 낮게 떨렸다. 벌써 아홉 통째, 답장을 종
용하는 수민의 톡이다. 도원은 그 메시지들을 모두 흘려 읽었지
만 답은 하지 않았다. 그럴 의무가 이제 그에겐 없다. 저 멀리 예
진의 모습이 보였다. 경쾌한 발걸음이 부서질 듯 하얀 햇살 속
으로 촘촘히 사라지며 풍경에 스며들고 있다.

도원은 영화의 음향을 손보는 사운드 후반 작업 업체에서 일
한다. 스튜디오는 지하에 있어 하루 종일 머물다 보면 시간 개
념이 사라진다. 대표인 도원의 주 공간은 영화의 최종 사운드를
믹싱하는 믹싱 스테이지이지만 얼마 전 ADR◆ 기사가 유학을 가
는 바람에 지금은 처음 스튜디오를 열었을 때처럼 ADR과 믹싱

◆ 후시녹음, Automated Dialogue Replacement.

을 겸한다. 햇빛 볼 일이 거의 없는 지하생활 탓에 밥시간을 잊거나 놓치는 건 예사다. 하지만 도원은 낮에 커피를 마시는 루틴만큼은 지키는 편이다. 되도록이면 밖에서. 직사광선이 내리쬐는 야외에서. 그리고 혼자서.

커피숍의 번잡함이 싫어 몇 달 전 그가 찾아낸 곳은 한 건물의 텅 빈 1층 공간 앞이었다. 에메랄드빛의 차양이 멋들어지게 펼쳐져 있고 건물이 움푹 들어가 있는데다 걸터앉을 계단도 있었다. 게다가 입구가 메인도로에서 살짝 비켜져 있어 도심을 관찰하면서 혼자만의 시간을 보내기에 딱이었다. 전에는 화장품 매장이 있었던 자리다. 임대가 빠질 때까지는 여기다, 하며 계단에 앉아 커피를 마셨다. 그때 뒤쪽에서 인기척이 났다.

엇, 여기 내 자린데. 중얼거림에 가까웠지만 말투가 워낙 뾰족해 도원은 음절을 낱낱이 알아들었다. 뒤에 어떤 여자가 서 있었다. 적어도 처음 보는 얼굴은 아니었다.

얼마 전 환기를 시키려고 작업실 문을 열어놓았던 날이었다. 누군가가 도둑고양이처럼 잠입해서는 백설기가 올려진 종이접시를 턱 내밀었다. 깜짝 놀란 도원은 억, 소리를 내며 의자에서 튀어올랐고 그 바람에 하늘 높이 솟구쳐 오른 상대의 떡 접시를 공중에서 가까스로 받아냈다. 바닥에 떡고물이 떨어질까봐 반사적으로 한 행동이었는데, 눈앞에 선 여자는 의외의 슬랩스틱에 터져나오려는 웃음을 참지 못하며 간신히 말했다.

"맛있어요. 식기 전에 드셔보세요."

거리낌없는 순수한 태도였다.

"13층인데 사무실 새로 오픈해서 눈도장 심부름 중이에요. 지하랑은 꽤 거리가 있긴 하지만."

답할 새도 없이 여자가 말하고는 휙 사라졌다. 도원은 그 백설기를 먹지 않았다. 팀원들에게 주는 것도 잊은 채 떡이 딱딱하게 굳어질 때까지 일에만 몰두했다.

그날 본 여자가 눈앞에 서 있었다. 도원을 알아본 여자도 의아한 표정이었다. 같은 건물에서 일하니 어디서 마주쳐도 이상할 건 없지만 굳이 대각선으로 세 블록이나 떨어진 후미진 곳에 와서 커피를 마시는 건 의외다. 그것도 자기 자리라고 투덜대면서까지.

"방해했나요?"

도원의 물음에 여자는 쭈뼛거리며 아니라고 대답했다. 보통의 경우라면 그쯤에서 둘 중 누군가가 포기할 것이다. 그러나 여자는 딱히 떠날 생각이 없어 보였고 도원도 그 상황에서 자리를 피하는 건 어색하게 느껴졌다. 둘은 말없이 그대로 커피를 마셨다.

1층 건물의 임대는 예상외로 오랫동안 나가지 않았다. 그래서인지 그 뒤로도 이따금씩 둘은 맞닥뜨렸고, 그 빈도가 점차 잦아져 요새는 거의 규칙적이다 싶을 정도로 매일 점심시간에 마주친다. 13층이 중소 규모 완구회사라는 것과, 여자의 이름은 전예진이라는 것, 스물일곱이라는 나이까지 알게 됐다. 곧 서른이 된다는 한탄으로 시작된 예진의 나이 고백에 도원은 고개만 끄덕였다. 스물일곱이라. 5년 후면 마흔인 그에게는 귀여운 투정으로밖에 들리지 않는다.

그녀와 마주치는 걸 도원이 기다린다고 보기는 어려웠다. 그렇지만 매일 비슷한 시간에 이루어지는 예진과의 짧은 만남은 갑자기 불어온 여름 바람처럼 상쾌했다. 짤막한 대화를 나누기도 했고 두어 번은 거리를 같이 산책한 적도 있다. 단, 돌아가는 시간만은 겹치지 않게 한다. 혹여라도 다른 사람의 눈에 사연 있는 관계로 보이는 건 피하고 싶었다. 보아하니 예진도 그렇게 생각하는 것 같아 다행스러웠다.

그녀와의 만남이 좋은 점은, 둘 사이에 아무런 감정이 없기 때문이다. 많은 대화가 오가지 않고 더 이상 발전될 가능성도 없다. 물론 도원은 어떤 관계든 발전할 수 있다는 걸 알고 있다. 예진에게는 특유의 자유분방함이 있었고 그게 그녀의 매력을 구성하는 큰 축이었다. 특히 반질거리는 맑은 피부와 그 위로 흩뿌려진 약간의 주근깨, 계산하지 않고 웃는 얼굴이 시원시원하고 예쁘다. 어느 순간 두 사람 중 누군가가 한 발짝 다가오면 연인이 될 수 있을지도 모른다. 그러나 도원은 지금의 관계가 마음에 든다. 지금만큼의 간격을 유지한 평행선. 그게 도원이 생각하는 '딱 좋은 거리'다.

일을 마치는 동안 수민에게 온 톡은 열네 개로 늘어났다. 저녁시간을 약간 지나 도원은 일부러 팀원들보다 늦게 퇴근했다. 밥맛이 당기지 않아 샌드위치로 저녁을 때우고 거리로 나섰다. 도시의 밤을 즐기려는 사람들이 몰려들기 시작하는 시간이다. 도원의 집은 차편으로는 회사에서 상당히 가까운 편이다. 하지만 시간이 걸리더라도 그는 자전거를 타거나 걷는 것을 더 선호한다. 오늘은 이상하게 집으로 가는 발걸음에 뜸이 들었다. 그이유를 알게 된 건 현관문을 열고 난 직후였다. 설마 그럴 리는 없을 거라고 상상 속에서 부정하던 일이 눈앞에서 벌어지고 있었다.

"왔어?"

수민이 소파에 다리를 꼬고 앉아 있었다. 부엌 창문을 열어뒀지만 지워지지 않는 담배 냄새가 매캐했다. 수민은 1년이 채 안 되게 만났던 여자친구다. 먼저 헤어지자고 한 건 수민이었지만 그 뒤 도원에게 먼저 연락을 한 것도 내내 수민이었다. 도원은 헤어진 연인에게 절대로, 절대로 다시 연락하지 않는다. 술김에 전화를 거는 일도 없다. 상대가 헤어지자고 하면 두말없이 응하고 더는 귀찮게 하지 않는다. 끝이라고 선언하면 바로 끝을 내어준다. 바로 그 점 때문인지는 모르겠지만, 헤어진 여자친구들에게서 꼭 연락을 받는다. 수민은 그중에서도 지칠 만큼 끈질긴 편이었다.

도원은 현관 비밀번호를 바꾸지 않은 것을 후회하며 질린 얼굴로 수민을 바라봤다. 일주일이 넘도록 답하지 않았던 건 이 관계가 완전히 끝났음을 수민이 알아주길 바라서였다. 하지만 결과는 전혀 예상 밖이었고 도원은 소리 없이 탄식했다.

"궁금해서 왔어. 연락이 너무 안 되니까 걱정도 되고 해서."

일상적인 말이지만 수민의 목소리는 약하게 떨리고 있었다. 도원은 엮이지 않겠다는 의지를 드러내며 현관 입구에 어깨를 기댔다.

"일어나. 집에 가야지."

수민의 눈빛에 원망과 노기가 서렸다. 어쩔 수 없이 도원은 집 안으로 들어가 수민의 팔을 잡아끌었다. 수민은 마지못해 몸을 일으키긴 했으나 순간 비틀거리며 끈 풀린 줄인형처럼 도원의 품에 엉켰다. 몸의 곡선이 그대로 느껴졌다.

수민의 몸은 매력적이다. 솔직히 말하자면 도원이 머릿속에 그린 수민의 아이덴티티에는 그녀의 몸이 차지하는 바가 너무 컸다. 연애에 있어 꽤나 강력한 요소였기 때문에 부정하고 싶은 생각은 없다. 헤어지고도 몇 번이나 수민의 유혹을 이겨내지 못했다. 그러나 다음날 아침이 되면 늘 깊은 후회가 남는, 진한 숙취 같은 관계였다. 도원은 수민을 떼어내 다시 소파에 앉혔다. 수민의 입에서 나는 담배 냄새는 더 이상 달콤하지 않았다.

"나와. 택시 잡게."

"안 나가."

수민이 고집을 피웠다. 이런 식이라면 더욱 단호해지는 수밖에 없다.

"그럼 내가 나갈까."

도원의 말투는 스스로가 듣기에도 서늘했다.

"차 부른다. 네가 안 타면 내가 탈게."

도원은 현관문을 열고 나와 엘리베이터 앞에 섰다. 조금 뒤 수민이 여름 자켓을 꿰입으며 나왔다. 엘리베이터 안에서는 화난 고양이처럼 몸을 웅크리고 있었지만 건물 입구로 나오면서 돌에 걸려 나동그라질 뻔해서 또다시 도원의 부축을 샀다. 술을 마신 것 같진 않았다. 그렇다면 떨리는 말투라든가 중심을 잡지 못하는 건 무너진 자존심 때문일 것이다. 택시가 도착하자 도원은 말없이 문을 열고 시선을 돌렸다. 수민은 잠깐 멈춰 있더니 차에 올라탔다. 도원은 끝까지 수민과 눈을 마주치지 않았지만 그녀가 입술을 꽉 깨물고 있다는 걸 알았다. 도원은 차량번호를 메모하지 않았고 차가 출발하기도 전에 급하게 걸음을 뗐다. 끝까지 돌아보지 않은 채로. 어느 시점에서는 이렇게 하는 것이 그가 생각하는 예의이다.

집으로 바로 들어가는 대신 도원은 다시 한번 거리를 걸었다. 갑자기 집이 자신만의 공간처럼 느껴지지 않았다. 그러자 2년을 살아온 집에 대한 애정이 뚝 떨어져버렸다. 저녁인데도 공기는 꽤 후텁지근했다. 걷다 보니 사무실 근처까지 와버렸고 그 사실을 깨닫는 순간 피로감이 몰려와 도원은 방향을 틀어 비스듬히 나 있는 샛길을 따라 걷기 시작했다. 계획했던 것과 다른 일들로 저녁이 다 지나가버렸다. 벼르던 넷플릭스 영드를 정주행하며 맥주 한 캔을 홀짝이려고 했는데.

주머니에서 진동이 느껴져 확인해보니 수민에게 온 톡이었다. *미안, 이젠 다시 연락할 일 없을 거야. 도원 씨는 참 좋은 사람이었어. 고마워.*

도원은 참담함이 섞인 당혹스러운 심정으로 화면을 한참 바라봤다. 대체 이 타이밍에 좋은 사람이라는 평가를 받는 이유가 뭘까. 도무지 알 수가 없다.

사실 도원은 좋은 사람이라는 평가를 많이 듣는다. 어딜 가서든 누구에게든 자주 듣는 말이다. 인상이 좋아 보인다는 말, 선해 보인다는 말, 그리고 좋은 사람이라는 말. 얼마 전 예진도 비슷하게 얘기했다.

"되게 좋으신 분 같아요."

그런 말 앞에서 도원은 언제나 어리둥절해진다. 특히나 그날은 오전부터 미팅에서 험한 소리를 많이 주고받은 터라 몹시 기분이 언짢았었다. 좋은 사람이라는 말을 들을 만한 가벼운 미소조차 입고 있지 않았다.

"그거요. 저는 그런 거 다 뿌리치거든요. 오시는 거 봤는데 저쪽에서부터 다 받아주시더라고요. 저기부터 여기까지 걷는 동안 쭉."

도원은 예진의 시선을 따라갔다. 자신의 손에 전단 뭉치가 가득 들려 있었다.

"아, 이거요."

그렇게만 말했다. 더 이상의 변명거리가 떠오르지도 않았다. 사실은 자신이 전단을 받았는지 누구를 스쳤는지 전혀 의식에 남아 있지 않았다.

길은 상권에서 점점 멀어져 상대적으로 가게가 적고 발길이
드문 골목으로 이어졌다. 한 바퀴 뺑 돌았지만 지도상으로는 도
원의 사무실에서 고작 두 블록쯤 뒤에 위치한 곳이다. 문득 모
퉁이에 작게 난 가게가 눈에 들어왔다. 못 보던 가게다. 전에는
'복사·도장'이라는 간판이 걸려 있던 가게였던가. 언제 바뀌었
는지도 몰랐는데 보라 테두리에 담담한 회색빛 창틀이 둘러져
있다.

간판을 올려다본 도원은 픽 웃고 말았다. 이스트 플라워 베이
커리. 우스꽝스런 이름이다. 간판만 보면 이 가게의 빵을 먹고
싶은 기분은 들 것 같지 않다. 아마추어가 만든 아마추어의 빵
맛이 간판을 통해 전달되는 것 같았다. 도원은 다시 수민의 메
시지를 열었다. 좋은 사람. 그 글자들을 보며 도원이 떠올린 건
이사를 가고 싶다는 생각뿐이었다. 솔직히 말해서 도원은 이제
누구도 자신의 공간에 들이고 싶지 않았다. 열정은 있었지만,
순종과 관용은 있었지만 마음속의 선 안쪽에 수민을 한 번도 들
여놓은 적이 없다. 그리고 그는 이제 최선을 다해 도망치려 하
고 있다. 울타리를 치고, 상대의 상처를 고려하지 않는 것이 예
의라고 합리화하면서.

옅은 느낌일 뿐이었던 생각이 강력한 자각으로 다가오자, 도원은 충격에 멍해졌다. 예전에는, 그러니까 한때는 그러지 않았던 적도 있다. 아주 오래전 어느 때, 누군가에 대해서만은. 그러나 그때의 그는 지금의 그와 전혀 다른 사람이다.

수민의 마지막 메시지를 지우기 직전 도원은 다시 스스로에게 물었다. 과연 나는 좋은 사람일까. 남들이 말하는 것처럼 좋은 사람이라는 평가를 들을 자격이 충분한가. 물론 그에 대한 도원의 결론은 언제나 완벽한, 백 퍼센트의 부정이었다.

3

호계가 문을 밀자 딸랑, 하는 소리가 들려온다. 이어서 고소하고 달콤한 냄새가 확 풍긴다. 그리고 이어지는 재인의 낭창낭창한 목소리.

"안녕! 좋은 하루."

이 모든 과정이 하나로 엮인 세트처럼 매일 같은 시간에 되풀이된다. 호계는 가볍게 고개를 숙인 뒤 에이프런을 두르고 손을 씻는다. 재인이 막 구워온 마들렌을 트레이에 내온다.

호계가 이 가게에서 일한 지 넉 달이 되어간다. 가게가 크지 않아서 둘만으로 충분하다. 세 개 뿐인 테이블, 그 뒤의 중앙 매대엔 세 가지 종류의 식빵, 크루아상과 바게트, 소시지 롤빵 등의 간단한 빵들이 깨끗한 비닐에 싸인 채 놓여 있다. 카운터 옆의 진열대엔 작고 앙증맞은 쿠키들이 손님들의 손길을 기다린다. 안쪽엔 통창이 나 있지만 해는 직사광선으로 들지 않는다. 재인은 그곳에서 빵을 반죽하고 굽는다. 호계는 아침에 나와 재인을 보조하며 진열과 청소, 그리고 계산을 돕는다. 처음부터 많은 대화 없이도 둘의 호흡은 척척 맞았다. 별생각 없이 구직 사이트를 뒤적이다 얻게 된 일자리치고는 썩 맘에 들었다.

호계는 빵을 많이 좋아하진 않지만 그럼에도 불구하고 이 공간을 채운 냄새는 언제나 유혹적이다. 뭐랄까, 이해가 되는 냄새라고나 할까. 달콤하고 부드럽고 몽글몽글하다. 헨젤과 그레텔이 과자 집에 홀딱 반한 이유를 알 것 같다. 동시에 호계는 이 냄새가 진실과 거리가 멀다고 생각한다. 너무나 따뜻하고 포근하고 마냥 병아릿빛이다. 그러므로 가짜다. 이것이 대략 호계가 세상을 이해하는 방식이다.

"오늘은 왠지 손님이 많이 올 것 같은데."

가게 주인인 재인이 화사하게 웃으며 말했다. 재인은 호계보다 아홉 살이 많다. 그러니까 올해로 서른네 살이 됐다. 기껏해야 서너 살 위로 봤기 때문에 얼마 전 재인이 지갑 정리를 하느라 꺼내놓은 운전면허증을 본 호계는 꽤나 놀라지 않을 수 없었다.

재인의 얼굴은 창백한 편이지만 늘 하나로 묶는 검은 머리칼에는 자르르 윤기가 돌아 이따금씩 햇볕 아래 서 있을 때면 우아한 비단 모자를 쓴 것처럼 보인다. 작고 거친 손에 핏줄이 심하게 서 있다는 걸 빼곤 나이를 짐작할 단서가 거의 없다. 재인은 야무지고 귀여운 작은 새 같다. 그리고 언제나 부지런하고 깔끔하다. 가끔은 속을 알 수 없이 능수능란해 보이는데 늘 일정한 톤의 화사함을 유지하며 상큼한 미소를 띠고 있어서 그런지도 모르겠다. 그런 사람에게는 숨겨진 비밀이 있게 마련이고 호계는 그런 것을 남들보다 잘 눈치채는 편이다.

딱 한 번 재인과 술을 마신 적이 있다. 소주 두 잔을 가볍게 넘긴 재인은 "여기까지. 그게 나 자신과의 약속이라서"라고 말하곤 음주를 끝냈다. 그래도 다른 때 보지 못한 모습으로 자신의 인생에 대해 많이 얘기했다. 호계는 묵묵히 들었고 그 뒤 다시는 그 이야기들을 언급하지 않았다. 물론 그러는 동안에도 본인의 얘기는 거의 하지 않았다. 호계가 맺는 인간관계는 대개 그런 식이다.

오후 4시가 지나자 재인은 옷을 갈아입었고 호계는 베이커리 앞에 세워둔 입간판을 거둬들였다. 평소에 재인은 베이지나 블랙 계열에 화이트가 더해진 옷을 즐겨 입는다. 하지만 지금처럼 노랑과 초록이 마름모꼴로 어우러진 반팔 카디건을 입자 개구쟁이 같은 모습이 되어버렸다.

"어색하지. 그쪽에선 이왕이면 화사하게 입어달라고 했는데 그러긴 싫어서."

재인이 약간 수줍어하며 말한다. 카디건 안으로는 연청색 시폰 원피스를 입고, 머리는 묶어 내리는 대신 단정히 틀어올렸다.

"잘 어울리는데요."

호계가 표정 없이 대꾸했다. 워낙 표정에 인색한 편이라 재인도 초반에는 호계가 무언가를 불편해하거나 불만이 있어서 그러는 것으로 오해했었다고 한다. 곧 호계가 원래 그런 캐릭터라는 걸 알고 난 뒤로, 재인은 호계의 반응에 아랑곳 않고 질문을 던지거나 의견을 묻는다.

재인이 두 손을 맞잡으며 무슨 말인가를 하려고 할 때 사람들이 들이닥쳤다. 한두 명이겠거니 했는데 네 명이나 되는 사람에, 가방이며 자잘한 장비까지 들여놓으니 가뜩이나 비좁은 베이커리는 순식간에 북적거린다.

에디터가 미소를 지으며 사진부터 찍겠다고 했다. 미리 예쁘게 세팅된 빵이며 쿠키들이 찰칵찰칵 사진에 담긴다. 조명 빛이 닿자 더 반지르르하고 먹음직스럽다. 작은 가게들을 소개하는 플랫폼에서 재인의 베이커리를 취재하고 싶다고 해서 오늘의 일정이 만들어졌다. 재인은 뒤늦게 제빵의 세계로 뛰어든 이유, 이 가게에서만 맛볼 수 있는 빵맛에 대한 자부심을 조곤조곤 풀어낸다.

"참, '이스트 플라워 베이커리'라는 이름은 의미가 있을까요? 동쪽 꽃이라는 뜻이죠?"

촬영이 끝나갈 때쯤 에디터가 질문을 던졌다. 재인은 쑥스러운 듯 쿡쿡거렸다.

"제 작명 솜씨가 형편없어요. 정말이지 떠오르는 이름이 하나도 없어서 결국……. 빵의 재료로 이름을 지어버렸어요. 빵이 효모랑 밀가루, 그러니까 이스트(Yeast)랑 플라워(Flour)로 만들어지잖아요. 너무 평범해서 끝까지 마음에 들진 않았는데 그땐 벌써 간판을 달아버린 뒤더라고요. 차라리 '효모와 밀가루'라고 지을걸."

좁은 가게 안에 웃음소리가 번졌다. 누군가가 호계에게 훈남 알바생도 촬영에 참여하지 않겠느냐고 농을 건넸지만 호계는 구석에서 고개만 저었다. 밀폐된 공간에 여러 사람의 체취가 빵 냄새와 섞이자 비릿한 냄새가 풍기기 시작했고 순간적으로 역겨운 기분이 들었다. 이대로는 버티지 못하겠다고 생각할 무렵에서야 취재가 끝나고 사람들이 빠져나갔다. 호계는 서둘러 문을 활짝 열었다. 아무 냄새도 실려 있지 않은 바깥공기가 안으로 급하게 밀려들어왔다. 무언가를 쏟아내버리고 싶던 호계의 마음도 그제야 조금쯤 가라앉았다.

"오늘은 좀 일찍 끝내는 날."

재인이 그렇게 말하더니 호계에게 먼저 퇴근해도 좋다고 했다. 재인은 마감만은 직접 한다.

"내가 열고 닫아야 내 가게 같거든요."

언젠가 호계가 그 이유를 묻자 돌아온 재인의 대답은 그랬다.

집으로 바로 돌아가는 대신 호계는 가게와 집의 중간쯤 위치한 작은 펍에 들러 맥주와 마른안주를 주문했다. 공간은 그리 크지 않지만 자리 사이가 널찍하고 주인이 절대로 알은척을 하지 않아서 벌써 여러 차례 온 곳이다.

전에도 단골이었다가 발길을 끊은 가게가 꽤 된다. 사람들은 친해지면 알은척을 한다. 진짜로 친해진 것도 아니면서 단지 얼굴을 몇 차례 봤다고 가까운 사이인 듯 군다. 또 오셨냐고 묻고, 오늘도 같은 것을 주문하시겠느냐고 인사를 건넨다. 그런 걸 좋아하는 사람도 있겠지만 호계는 아니다. 일단 그런 질문이나 인사를 받으면 자연스럽게 넘어가긴 한다. 그리고 다시는 그 가게에 가지 않는다. 그런 점에서 이 가게의 주인은 현명하다.

호계는 현재 위치를 공개 설정한 앱을 열었다. 지도가 나타나며 몇 개의 점들이 별처럼 깜박거렸다. 주변에서 만날 수 있는 상대를 추천해주는 앱이다. 호계는 몇 사람의 프로필을 뒤적이다 그중 누군가에게 말을 걸었다. 대화의 진행이 빨라 한 시간도 지나기 전 상대가 펍에 나타났다. 프로필로 등록한 사진보다는 몇 살쯤 들어 보이는 여자다. 여자는 반대로 생각했는지 샐쭉거리며 첫인사를 건넸다.

"나이보다 어려 보이시네요."

여자의 말 속에 무시가 섞여 있다고 호계는 느꼈다. 자신의 허름한 외출복이나 며칠 전 빗물에 젖어 얼룩이 남아 있는 운동화 때문인지도 모른다. 호계는 자신을 스물아홉이라고 속였다. 별다른 이유는 없다. 원래 호계는 의미 없는 거짓말을 많이 하는 편이다.

무슨 말인지도 모를 얘기들을 나누는 사이 여자 쪽에서 간간이 웃음이 터져나왔다. 그녀가 자신의 일상과 취미에 대해 얘기했지만 호계는 그다지 귀담아듣지 않았다. 만난 지 몇 분 만에 별로 흥미롭지 않은 상대라는 판단이 들었기 때문이다. 여자의 술잔이 넘어가는 속도에 가속이 붙기 시작할 때쯤, 그러니까 그녀의 얼굴에 서렸던 경계심이 유혹이 깃든 표정으로 바뀌어갈 때 호계가 천천히 일어섰다.

"먼저 가볼게요."

갑작스런 호계의 말에 상대는 당황한 듯 보였지만 호계는 개의치 않고 앱에서 만남을 제안할 때 걸었던 조건을 상기시킨다.

"알죠? 계산은 따로따로."

얼굴이 빨개진 채 삐죽거리는 여자를 뒤로하고 호계는 자기 몫의 계산을 마쳤다. 앱으로 만난 여자들과 잠도 자봤고 짧게 사귄 적도 있다. 하지만 오늘은 정말로 누군가와 대화를 나누고 싶었을 뿐이다. 그러므로 별로 대화하고 싶지 않은 상대와 오래 있을 이유가 없다.

가게 밖으로 빠져나오자 어디선가 불어온 젖은 바람이 척척하게 뺨을 때렸다. 지하철을 두 번 갈아타고 마을버스에 올라타 세 정거장을 가면 지은 지 오래된 아파트로 가득한 옛 동네가 나타난다. 호계의 발걸음은 빠르고 성급하다. 습기 찬 거리를 지나 그가 다다른 곳은 작고 허름한 아파트다. 7층짜리 건물인데 수시로 엘리베이터가 고장나 계단으로 다니는 게 일상이다. 사실 이것보다 좋은 집에서 살 수도 있었다. 아버지의 도움을 받았다면 그런 것쯤은 아무것도 아닐 것이다. 그렇지만 이 동네, 이 집, 이 아파트를 선택한 건 호계다. 오로지 스스로의 힘으로 돈을 벌어 보증금을 내고 월세를 붓고 있다. 그는 당분간 그 선택을 접지 않을 것이다.

이제 회색의 낡은 복도가 펼쳐진다. 앞에는 아파트가 빼곡해 야경을 보고 싶으면 언제든지 현관문을 열고 복도로 나오면 그만이다. 호계는 살짝 고개를 들어 밤하늘을 본다. 별들은 야경

에 빛을 모두 빼앗겨 단 한 개도 보이지 않는다. 할머니. 밤하늘
의 별들 중 하나가 할머니라고 생각했던 적도 있다. 아직 철모
르던 순수가 남아 있을 때였다. 어둡고 텅 빈 집 안으로 들어가
기 직전 호계는 생각한다. 아름답고 찬란한 도시의 불빛 사이사
이에서 실은 추악한 비밀들이 펼쳐지고 있는 거라고. 그건 호계
가 세상을 바라보는 또 하나의 방식이기도 하다.

4

　엄마 집 현관문을 열기 전 재인은 언제나 숨을 한 번 크게 들이마시고 그대로 호흡을 멈춘다. 문을 열면 엄마의 냄새가 훅 끼친다. 분명 호흡을 하고 있지 않은데도 코의 어느 부분이 냄새를 빨아들여 뇌로 전달해주는 것 같다. 한때는 꽃향기를 닮은 향수 냄새였고 때로는 향긋한 살냄새였던 엄마의 냄새는 이제 정반대의 것들로 채워졌다. 엄마의 몸에 근원지를 둔 음습하고 퀴퀴한 냄새는 벽과 모서리 틈새를 타고 스멀스멀 퍼져나가 집 안을 완벽하게 점령하고 있다. 시시때때로 환기를 하고 향이 좋은 바디로션을 선물해도 지워지지 않는다. 늙고 지친 세포들에게서 피어나는 냄새. 죽음을 향해 가는 엄마의 냄새다. 재인은 자신이 숨을 참는 이유가 엄마의 죽음에 대한 자각을 최대한 유예하기 위해서라는 걸 안다.

엄마는 구부러진 어깨로 소파에 앉아 티비를 보고 있다. 재인은 상냥한 표정을 짓고 작게 콧김을 뿜었다.

"엄마, 오늘 낮에 하늘 봤어? 진짜 파랬는데. 구름은 양털보다 더 보송보송했고. 아, 낮잠 자느라 못 보셨겠다."

묻지 않은 말을 하는 것에 재인은 익숙하다. 어려서부터 그랬다. 아버지가 엄마와 자신 앞에 식당 손님들이 남기고 간 그릇을 내던졌던 때부터. 엄마가 언성을 높이며 머리카락을 쥐어뜯었던 때부터. 욕설과 고성이 집 안을 메우던 때부터. 그 시간이 오면 재인은 주의를 환기시키기 위해 안타깝게 노력했다. 곰돌이 인형이 배고프니 밥을 주어야 한다고 말하기도 했고 자신은 세상에서 엄마 아빠를 가장 사랑한다는 말도 했다. 재인이 했던 가장 예쁜 말들은 언제나 그런 순간에 나왔다. 기억한다. 땀과 눈물로 얼룩졌던 구겨진 부모의 얼굴을. 눈썹에 잔뜩 힘을 준 채 재인을 떼어놓고는 잠긴 방문 뒤로 다시 높아지던 고함 소리를. 그러고 나서도 아무렇지 않게 다음날이면 식당을 열고 손님들에게 밥을, 따뜻한 끼니를 내어주던 핏줄 돋은 손들을.

어린 동생은 울 것 같은 얼굴로 재인을 바라봤다. 눈물이 그렁그렁한 채 볼을 실룩거리면서도 꾹 참고 절대로 큰 소리를 내지 않는 착한 아가였다. 그럴 때면 재인은 어린 남동생을 꽉 껴안고 가느다란 머리칼을 조심조심 쓰다듬은 뒤 양 볼에 몇 번이고 뽀뽀를 해주었다. 촉촉하고 보드라웠던 아가 동생. 지금은 사라져버린 남동생의 발간 볼에.

집을 떠나려던 시도는 일찌감치 시작했었다. 대학에 입학하자마자 자취를 했고 제과제빵을 배우러 일본에 유학을 가기도 했다. 아버지는 재인이 일본에 있는 사이 등산 중 실족사고로 세상을 떠났다. 재인은 타지에서의 생활을 제대로 마무리도 못한 채 정신없이 돌아와 엄마 곁을 지키다 3년의 애도 기간이 끝나기 전 성급하게 결혼을 했다. 하지만 어떻게 된 일인지 지금 재인은 다시 엄마 집 근처에 살며 저녁마다 함께 밥을 먹는다. 그리고 어색한 간극을 메우기 위해서 먼저 말을 건다. 오래전 어린아이였을 때처럼.

해가 저문 지 한참이 지나 때늦은 저녁식사를 한다. 조촐하고 고즈넉하며 엄마의 일방적이고 무의미한 말들이 주를 이루는 자리다. 집을 떠올리면 언제나 짙은 고동나무색이 떠오른다. 서늘히 가라앉은 공기가 흐르는 버려진 나무숲 같다. 낡고 오래된 아파트 안엔 엄마가 문화센터를 다니며 만든 공예품들이 자잘하게 걸려 있다. 한지로 만든 열쇠고리, 대나무를 직접 채색해 얼기설기 엮은 바구니, 플라스틱 재활용품으로 조립한 육각 보석함, 완성된 날을 제외하곤 한 번도 불 켜진 적 없는 미니 좌등,

수많은 모시 지갑, 손때 묻은 꽃자수 필통들……. 쓸모도 없는 데다 부피만 차지하고 구석구석 먼지가 촘촘히 들어앉은 그 물건들을 보면 재인은 질식할 것 같은 기분이 든다. 어느 날 엄마가 죽는다면, 저 물건들을 다 태워버릴 수 있을까.

엄마의 죽음을 떠올리자 소름이 돋는다. 단지 죽음이라는 단어를 떠올렸을 뿐인데도 마치 자신이 엄마의 죽음을 비밀스레 바라기라도 한 것마냥 끔찍한 자책에 몸이 떨린다.

엄마가 잠든 후 재인은 집을 빠져나온다. 집을 나올 때면 늘 홀가분하다. 자신의 몸을 감싼 냄새로부터 자유로워질 수 있음에 기쁘다. 그리고 이내 그 기쁨에 다시 죄책감을 느낀다.

재인은 뽑은 지 5년이 된 세단에 앉아 어딘가로 달리기 시작한다. 달리,라는 애칭을 붙여준 차다. 달리와 함께 달릴 때면 재인은 행복하다. 음악은 틀지 않는다. 선곡은 성가시고 라디오에서 예기치 않은 잡담과 취향에 맞지 않는 곡이 튀어나오면 곤란해진다. 그리고 음악은, 간신히 지워낸 꿈의 상흔을 헤집는다.

타고난 방향감각과 기계 다루는 솜씨 덕에 재인의 운전은 유연하고 능숙하다. 주차도 핸들을 몇 번 돌리지 않고 쓱싹 끝내는데다, 어떤 돌발 상황에서도 당황하지 않고 침착하고 순발력 있게 처신한다. 삶도 운전하는 것처럼 살아왔다면 얼마나 좋았을까.

목적 없이 달리다 보니 어느새 가게가 있는 거리로 오게 되었다. 자신의 공간이지만 불이 꺼진 모습은 역시 적적하다. 갑자기 재인은 무언가에 주목했다. 가게 앞에 누군가가 서서 간판을 유심히 바라보고 있다. 스치는 옆모습의 태가 낯설지 않다. 그러나 추리가 깊어지기 전 메시지 알림음이 들린다. 남편으로부터의 메시지다. 재인은 경기에 나가기 직전의 선수처럼 숨을 골랐다. 그러곤 핸들을 돌려 남편이 있는 곳으로 향했다.

남편의 집 천장엔 4년 전 그들이 결혼했을 때 재인 혼자 칠했던 미색 페인트가 발려 있다. 남편은 페인트칠 대신 끝까지 벽지를 고집했기 때문에 노동은 오롯이 재인의 몫으로 남았었다. 세월이 흐르자 천장과 천장 등 사이의 틈이 갈라지기 시작했는데 거기서 무슨 가루라도 떨어질까 불안하다. 남편과 섹스할 때면 재인은 그런 걱정을 하며 벽 틈을 노려본다. 틈은 점점 커져서 뭐라 설명하기 힘든 연약하지만 분명한 패턴을 만들어내고 있다. 그걸 쳐다보느라 턱이 치켜올라가고 입이 벌어진다.

"당신 울어?"

남편이 헉헉대는 숨에 섞어 물었을 때에야 재인은 자신의 눈에서 눈물이 나왔다는 걸 알았다.

"아니. 알잖아. 나 이마가 아래로 쏠리면 눈물 나는 거."

재인이 말했다. 구색 좋은 핑계가 아니라 진짜다. 재인의 눈동자는 연갈색이다. 흰자는 하얗지도 푸르스름하지도 않고 오히려 살짝 탁한데 핏줄은 전혀 서 있지 않아 균질하게 반들거린다. 영롱하고 신비한 눈빛이라는 소리도 종종 들었다. 눈에 물기가 많아 안구건조증 같은 건 겪어본 적이 없으니 고마운 유전이다. 어쨌든. 몸 위로 쏟아진 남편의 가슴을 힘주어 밀어내며 재인은 생각했다. 이렇게라도 눈물을 흘릴 수 있어서 좋다. 기능적으로라도 무언가가 완전히 마비되진 않았다는 뜻일 테니까. 재인은 무릎을 구부린 뒤 반동을 일으켜 훅 일어나 그대로 욕실로 향했다. 샤워를 마치고 나오자 아직도 침대에 뭉개진 채 누워 있는 남편이 툭 던졌다.

"근데 당신은 이런 거 정말 괜찮아?"

"뭐가?"

"난 갈수록 모르겠다, 당신이라는 사람." 남편이 중얼거렸다. 자신이 먼저 연락했다는 건 전혀 생각나지 않는다는 말투다.

"세상에 별일이 다 있는 거지 뭐. 별 관계가 다 있는 거고. 그냥 그렇게 생각해."

재인은 싱긋 웃고는 리모컨을 남편의 손에 쥐여주었다. 그거 하나면 더 이상 많은 말을 하진 않을 거다. 골프 중계에 채널을 고정시킨 남편이 갑자기 물었다.

"베이커리, 꽤 오래하네. 처음 가게 열었을 때만 해도 오래 못 갈 줄 알았거든. 당신 빵 잘 안 먹잖아."

"응. 먹는 건 안 좋아하지." 재인이 머리를 올려 묶으며 답했다. 이미 옷은 다 입었다.

"그럼 왜?" 남편이 물었다. 이럴 때 그는 정말 바보 같다. 가게를 연 지 1년이 다 돼가는데 이런 질문을 받는 것도 성가시다. 재인은 그런 마음을 드러내는 대신 어린아이에게 덧셈을 가르쳐주는 선생님처럼 친절히 대답했다.

"안 좋아해도 할 수 있는 일들은 많아. 그게 핵심."

재인은 그렇게 말하며 약지로 립밤을 꼼꼼히 펴 발랐다. 사실이다. 재인은 빵을 그다지 좋아하지 않는다. 좋아하지 않는 것을 재료 삼아 직업으로 삼을 수 있느냐고 묻는다면 재인의 대답은 응당 예스다.

빵을 좋아하는 사람은 많다. 재인은 사람들이 좋아할 빵을 제공하면서 작고 확실한 보람을 느끼고 싶었다. 제빵 일을 배운 건 빵 때문이 아니라 빵 가게라는 공간에서 취할 수 있는 정서적 만족감을 얻고 싶어서였다. 게다가 이 일의 가장 큰 장점은 손님들이 가게 안에 오래 머물지 않는다는 점이다. 출입에서 퇴장까지의 과정이 신속하기 때문에 손님에게도 주인에게도 산뜻한 흡족함만이 남는다.

두 사람은 이혼했다. 그렇지만 어쨌든 재인은 마음속으로 남편을 남편이라고 칭한다. 현조 씨라는 이름으로 부르는 것보다는 차라리 그 편이 낫다. 어차피 혼인신고를 하지도 않았기 때문에 절차는 간단했다. 남편인 현조 씨는 아직도 자신이 왜 재인과 이혼했는지 정확히 모르는 것 같다. 여러 번 납득시키려 노력해봤지만 결국 현조 씨는 이 모든 일을 이해할 수 없는 투정으로 받아들였고 두 손을 든다는 식으로 결혼생활의 종료에 응했다.

현조 씨와 재인은 병원에서 만났다. 고양이 미치를 데리고 몇 번이나 동물병원을 방문하는 와중에도 재인이 기억하는 거라곤 마스크 낀 수의사의 얼굴과 까칠한 목소리뿐이었다. 그래서 어느 날 길을 걷다가 누군가가 멋쩍은 듯 인사를 건넸을 때 어리둥절하게 주위를 둘러봤던 것이다. 짧은 만남을 거쳐 결혼까지는 금방이었지만, 아귀가 맞지 않은 채 억지로 닫아버린 문처럼 둘의 관계는 내내 삐걱거렸다. 재인은 열정의 부재에도 불구하고 묵묵히 버텼다. 그러다 현조 씨가 재인에게 큰 실수를 저질렀고, 그럼에도 그가 뭔가를 대단히 희생하고 있다고 생각한다는 걸 알게 된 뒤 재인은 이혼을 결정했다. 그러나 현조 씨가 재인을 환자처럼 대하는 게 무엇보다 큰 원인이었다는 건 말하지 않았다.

그런데 이상하게도 같은 지붕 아래 살지 않게 되자 그들은 더 자주 만난다. 일종의 섹스 파트너다. 어째서 그렇게 될 수 있었는지 재인은 알 수 없지만 굳이 명명하자면 그런 관계다. 재인은 몇 가지 원칙을 지킨다. 일단, 절대 현조 씨를 자신의 집에 들이지 않는다. 둘째, 섹스만 마치고 바로 나온다. 마지막으로 현조 씨의 쓸데없는 말들에 길게 대꾸하지 않는다.

언젠가 호계에게 이 얘기를 먼 지인의 사연인 것처럼 들려준 적이 있다. 비어져나오는 감정을 그런 식으로라도 표현하지 않고는 버티기 힘들었던 날이다.

"이상한 사람이지?"

재인이 자조 어린 물음으로 이야기를 마쳤다.

"이상하긴 하죠. 세상 사람들이 다 이상한 것만큼."

대수롭잖은 호계의 답에 눈물이 차올라서 하마터면 울 뻔했다. 호계는 장갑 낀 손으로 묵묵히 베이비 슈를 포장하고 있었지만 찰나로 마주친 눈빛에서 재인은 직감했다. 들켰다. 이해할 수 없는 타인의 가십으로 가장했지만 자신의 얘기란 걸 호계에게 들켜버렸다.

재인은 입을 닫았고 호계는 더 이상 아무 말도 묻지 않았다. 이렇게 자신의 얘기를 여기저기 한 조각씩 흘리고 다녀도 되는 걸까. 진열대에 늘어선 비닐 안의 쿠키들을 볼 때면 가끔 불안해진다. 나도 저런 모습이 아닐까. 잘 포장하고 있다고 생각하지만 속이 뻔히 들여다보인다는 점에서는. 그러다가 언젠가, 소소한 비밀이라고 여겼던 모든 일들이 전부 알려진다면? 그런 그림을 그리면 등 아래쪽에서부터 한기가 서려온다.

다시 집으로 돌아가는 길, 진득하고 무거운 기분이 재인의 가슴을 짓누른다. 과거로 돌아간다면 어느 시점이 좋을까. 모든 비극과 불행의 전 단계로 가려면. 재인은 습관처럼 가정해보지만, 그러다 보면 태어나기 전까지 거슬러 올라가야 할지도 모른다는 생각에 머릿속이 아득해지고 만다. 오늘은 다른 가능성을 생각했다. 조금 전 보았던 낯익은 듯한 옆모습. 아까 본 사람이 그였다면.

무대. 보라색 조명. 자신을 바라보던 누군가의 눈빛. 그 눈빛을 끝까지 외면하지 않았더라면 어떤 일들이 벌어졌을까. 비겁한 생각인 것 같아 재인은 쓰게 웃고 말았다. 결국 달라질 건 아무것도 없었을 거다. 대개의 경우, 시작은 다르지만 과정은 비슷하고 결과는 언제나 똑같은 법이니까. 재인은 가볍게 결론 내린 후 한동안 일상 속으로 빠져들었다. 그때까지는 삶에 다른 종류의 물결이 일 거라곤 전혀 상상하지 못했으므로.

한여름

—

잠 못 드는 밤의 왈라비와 유령

5

여름이 깊어지면서 도원의 생활에는 몇 가지 변화가 일어났다. 일단 이사를 가기로 결정했고, 그래서 여름 내내 집을 알아보러 다녔다. 이사는 수민과 마지막으로 재회했을 때 충동적으로 떠올렸던 단어였을 뿐이지만 막상 마음먹자 바로 실행하게 됐다. 정든 집이었고 골목 하나하나에 깃든 애정 또한 각별했는데 어떻게 휙 떠나버릴 수 있었는지 도원도 신기할 따름이다. 집을 떠나고 싶다거나 새로운 보금자리로 옮기고 싶다는 마음보다는, 무언가를 확실하게 바꾸고 싶었다. 가끔 그런 경우가 있다. 형식을 바꿔야 내면도 따라 바뀌는 일들이.

또 하나의 변화는, 더는 정오의 거리에서 예진을 만날 수 없게 됐다는 점이다. 7월 중순을 넘어가면서 날씨는 상상 이상으로 무더워졌다. 문밖으로 나서는 순간 헉 소리가 나올 만큼 대단한 열기였다. 건물 밖으로 몇 발짝을 걷는 것도 힘겨워서 팀원들도 이동거리가 가장 짧은 식당에 가거나 배달을 시켜 먹는 게 점심 일과의 전부였다.

도원은 얼마간 그 건물 앞을 일부러라도 들렀다. 약속한 건 아니었지만 말도 없이 모습을 감추는 게 어딘가 편치 않았다. 의외로 먼저 자취를 감춘 건 예진이었다. 3일 연속 예진이 보이지 않던 날, 건물 앞엔 두 남자가 서서 이야기를 나누고 있었다. 인테리어 업자와 개업을 앞둔 사장이었다. 둘의 대화에서 도원은 진작에 1층의 임대가 나갔으며 며칠 안에 인테리어를 시작한다는 정보를 얻었다.

흠— 한숨이 흘러나왔다. 섭섭한 것까진 아니었고 아쉽다는 표현도 거창했지만 그래도 흠, 하는 짧고 굵은 소리는 몇 차례 더 이어졌다. 도원은 한동안 그 '흠'의 정체가 뭘까 고민한 끝에 그 뒤를 이을 말을 떠올렸다.

흠, 유감이군.

딱 그 정도의 아쉬움이 남았다. 이렇게 공백의 비밀 카페는 영영 사라지겠군. '따로 또 같이'의 커피 브레이크 또한. 으흠……. 이번에는 얕게 음정을 섞어 뱉어냈다. 확실히, 유감은 유감이었다.

그 뒤로도 도원은 두어 번쯤 더 건물 앞을 지나쳤다. 그러나 예진은 모습을 드러내지 않았다. 더 이상은 더위를 견디기 힘들어졌고 도원은 갑자기 스스로가 한심해졌다. 그날부로 그도 발길을 끊었다.

예진을 다시 본 건 일주일 뒤 뒤늦은 점심을 먹으러 나선 길에서였다. 예진은 가쁜 숨을 내쉬며 휴대용 선풍기를 얼굴에 가져다댄 채 비밀카페의 옆 건물 벽에 기대어 있었다. 드나드는 인부들 틈에서 홀로 이방인처럼 보였다. 도원을 본 예진은 대뜸 한숨부터 내쉬었다.

"어쩌죠."

예진이 구부러진 손가락으로 힘없이 공사현장을 가리켰다. 마치 공동의 프로젝트가 무산됐다는 듯이.

"그러게요."

도원이 답했다. 예진은 여름휴가를 다녀왔노라고 했다. 아, 여름휴가. 그런 게 있었지. 도원은 '여름휴가'라는 말이 주는 이미지를 아득히 그려봤다. 녹음실에서 일하는 사람 중 성수기에 휴가를 떠나는 사람은 거의 없다. 프로젝트가 마무리될 때 짬짬이 나눠서 다녀오는 게 일상이다. 도원도 성수기에 휴가를 떠날 바엔 집 안에 박혀 있는 편이 낫다고 여기는 사람이었다. 어쨌든 혼자 제주 여행을 다녀왔다는 예진의 얼굴엔 까무잡잡한 윤기가 흘렀고 그래서 한층 건강해 보였다.

"에이, 뭐 더운데 잘됐죠. 근데 오늘 커피는 어디서 마셔야 되나……."

예진이 고민이라는 듯 손끝으로 턱을 지그시 눌렀다. 도원은 별생각 없이 예진이 아까부터 들고 있던 전단을 가리켰다.

"여기나 갈까요."

말해놓고 보니 지금 당장 함께 가자고 제안한 것처럼 들렸다. 나중에 각자 그런 곳에 가볼 수도 있겠군요,라는 뜻이었는데 말이다. 뭐 어쨌든, 이미 늦어버렸다. 예진이 "좋아요!"라는 커다란 대답을 망설일 틈도 없이 내놓았기 때문에.

도원은 전단이 가리키는 가게가 커피숍인 줄 알았으나 막상 당도한 곳은 개업한 지 얼마 안 돼 프로모션을 진행 중인 이탈리안 레스토랑이었다. 런치 스페셜은 합리적인 가격의 코스요리였고 자연히 그들의 첫 식사는 예상보다 길게 이어질 전망이었다.

"빨래방이 생긴대요."

도원이 인부와 새로운 사장에게 엿들은 얘기를 꺼냈다. 별로 할 말이 없어 던진 말이었을 뿐이었다. 그러나 예진은 샤라포바의 어프로치 샷처럼 사이도 두지 않고 맞받아쳤다.

"그럼 이제 우리 어떡해요?"

도원은 못 들은 척 발사믹에 찍은 식전 빵을 우물거리며 물을 마시는 것으로 시간을 끌었다. 말문이 턱 막혔다. 우리,라고? 여자들의 대시를 적잖이 받는 편이었기 때문에 도원은 자신이 늘 이런 종류의 감정을 빨리 파악한다고 믿었다. 이번에는 완전히 잘못 짚었다. 연애에 대해 관심도 열정도 사라진데다 나이가 꽤 들어버렸다고 생각하는 동안 촉이 죽어 있던 거다. 도원은 예진에게서 수상한 감정의 싹을 감지한 적이 있는지를 번개처럼 반추했다. 아무리 되돌아봐도 그런 느낌을 받은 적은 없었다. 과대한 착각을 하는 건 아닐까, 의심하며 고개를 든 순간 도원의 눈엔 자신을 바라보고 있는 발그레한 얼굴이 들어왔다. 저 표정은 뭐, 변명의 여지가 없군. 도원은 급히 시선을 피했다.

"그러게요. 이제 커피도 못 마시겠네요."

자신의 말에 담긴 선긋기를 예진이 눈치챘기를 바라며 도원이 애써 침착하게 답했다. 한데 예진은 도원의 말 어딘가에서 희망을 발견한 듯했다.

"마시면 되죠, 지금처럼."

한 발 다가서는가 싶더니 피할 틈도 없이 훅 들어온다. 도원은 난처해졌다. 그런데 그 난처함이 싫지는 않았다. 공식적으로는 완전히 결백한 관계다. 단지 우연히 주어진 상황과 팩트에 대한 대화가 존재할 뿐이다. 이야기는 전과 다름없이 깔끔하게 흘러갔다. 하지만 이제 도원은 이 대화 안에 모종의 행간이 생겼음을 확인했다. 그건 이쯤에서 대단히 조심스러운 선택을 해야 한다는 걸 뜻했다. 조금 더 가볼지 아니면 확실한 선을 그을지. 물론 쉽게 결론 내리긴 힘들었다. 다만, 후자를 택한다면 며칠 동안 희미해졌던 유감의 한숨을 다시 토하게 될 것 같았다. 흠, 하고 말이다.

그렇다면 일단 더 가보자. 그 유감이 작아지는지 커지는지를 확인할 때까지만. 단, 절대로 섣부르게 행동하거나 판단하지 말 것. 도원은 그렇게 정했다.

그 뒤로 두 사람이 매일같이 만난다든가 의도가 전면에 드러나는 데이트 약속을 잡거나 하는 일은 일어나지 않았다. 전화번호를 주고받았을 뿐이다. 예진은 종종 먼저 메시지를 보내왔다. 주로, 무엇을 하고 계시느냐, 나는 무엇을 하고 있다. 덥지만 하늘이 맑다, 지하라서 볼 수 없으실 것 같아 13층에서 찍은 사진을 대신 보내드린다, 하는 식의 내용이었다. 도원은 바로바로 답하진 못했다. 계산하거나 일부러 시간을 끈 건 아니었다. 그는 시간이 날 때, 여유가 있을 때 답했다. 그렇지만 늦더라도 답장하는 것을 잊지는 않았다.

한 달쯤 지나는 동안 둘은 어쩌다 한 번은 밥을 먹는 사이가 돼 있었다. 시끄러운 한낮의 효고동 거리에서.

여전히, 둘은 아무런 관계도 아니다. 도원은 왠지 그렇게 믿고 싶었다.

어느 날 쉴 새 없이 울리는 예진의 핸드폰에 대화가 중단된 적이 있다. 언뜻 본 액정 위로 수백 개의 미확인 메시지가 떠 있었다.

"오픈 채팅방이에요."

예진이 전화기를 뒤집어 테이블 위에 놓으며 말했다.

"오픈 채팅이요? 무슨?"

어조에 부정적인 감정이 실리는 걸 느끼며 도원이 물었다.

"이상한 건 아니에요. 잠을 못 이루는 사람들의 모임이랄까, 뭐."

예진은 불면증에 시달리던 시절 드나들던 오픈 채팅방이라고 설명을 덧붙였다.

"그래서 이제 잘 자게 됐나요?"

"그렇지도 않아요." 예진이 어깨를 으쓱했다.

"보시다시피 알림음도 너무 울리고……."

"푸시 알림이야 끄면 되죠."

"보통은 그러긴 하는데 그게 또 완전히는 그렇게 잘 안 되더라고요. 채팅방 통해 알게 된 사람도 많고, 지역도 가까워서 오프도 몇 번 나가다 보니까."

"재미있어요?" 살짝 마뜩잖은 기분을 느끼며 도원이 물었다.

"그렇기도 하고, 아니기도 하고. 오픈 채팅 해본 적 없으세요?"

"없어요. 불특정 다수랑 얘기하는 건 어색해서."

도원은 생각에 잠겼다.

"다시 만나보고 싶은 사람은 있죠. 오래전 연락이 끊겼지만 가끔씩 생각나고 정말 보고 싶은 사람. 다들 하나쯤 있지 않나요."

그가 무심코 중얼거렸다. 문장을 맺고 나서야 자신이 누군가를 떠올렸기에 나온 말이라는 걸 깨달았지만.

"글쎄요. 전 제가 보고 싶은 사람들은 늘 만나고 있어서요."

예진이 화사하게 답했다. 그 티 없는 밝음은 도원을 웃게 했지만, 동시에 그의 마음을 두 발짝쯤 물러서게 했다. 기분 나쁜 당돌함은 아니었다. 그러나 도원은 자신이 감당하기엔 그 당돌함이 주는 무게가 조금은 버거울지도 모르겠다고 느꼈다. 그래서였는지 예진에게 이사 계획을 알리려던 마음은 그대로 묻히고 말았다. 예진을 앞에 두고도 밀린 작업에 대한 생각이 스멀

스멀 솟아났다.

　아닌 게 아니라 요즘 도원은 바쁘다. 여름 성수기 영화들을 간신히 마쳤고 이제는 추석 개봉 영화에 매진해야 한다. 얼마 전 들어온 막내가 효과음 싱크를 매번 어긋나게 작업해서 고단함은 배로 늘었다. 이 일은 꼼꼼하지 않으면 하기 힘들다. 편집실에서 넘겨준 데이터를 하나하나 정리하고 감각적으로, 동시에 기술적으로 문제없이 채워 넣어야 한다. 아무리 프로그램에 기댄다 해도 작업의 시작에는 언제나 아날로그적인 삽질이 기다리고 있다. 막내의 실수를 일일이 정정해주면서 도원은 녹음실에서 처음 일하게 된 때를 생각했다. 도원은 처음부터 실수와는 거리가 멀었다. 잘한다고 칭찬받으며 시작한 일이다.

　도원이 이 일을 선택한 건 막연히 소리라는 것의 본질에 더 가까워질 수 있지 않을까 하는 기대감 때문이었다. 그때는 이런 미래가 펼쳐질 거라곤 상상하지 못했었다. 낮도 밤도 없는 지하 공간에서 온종일 소리를 만지게 될 거라곤.

　더 늦기 전에 무언가를 변화시켜야 하는 시점이었다. 그 변화의 핵심은 버리고 잘라내는 것이었다. 찬란하게 빛나던 꿈의 방향을 틀어야 하는 고통스러운 때. 마냥 젊음의 치기로는 버티기 어려워지는 때. 어린 시절엔 포기라고 단정지었던 것이 포기가 아니라 다만 어떤 종류의 수긍이었음을 인정하게 되는 때. 무언가가 꺾이고 틀어지고 전혀 다른 사람이 되기 시작하던 때.

결과적으로 도원은 지금의 직업에 만족한다. 그는 세심하고 예리하며 좋은 귀를 지녔다. 지구력도 있고 침착한 성정임에도 빛나는 아이디어를 낸다. 그래도 여전히, 그는 무언가를 동경한다. 그 동경의 빛은 상당히 퇴색되어서 이제는 베이스나 기타를 메고 거리를 지나는 청춘들을 봐도 열패감 대신 응원의 마음을 품는다. 그들의 청춘이 영원하지 않음을 알기 때문이다. 하지만 그러기까지는 시간이 걸렸고 그건 도원이 청춘을 세월에 빼앗길 동안의 시간이었다.

마지막으로 예진을 만난 후 도원의 머릿속에는 깊이 묻혀 있던 누군가의 이미지가 점점 진해지고 있었다. 지금과는 모든 게 다른 상황이었을 때 알았던 누군가가. 마음을 먹으면 연락처를 수소문해볼 수도 있을 것이다. 그러나 그러기엔 너무 긴 시간이 지나버렸다.

8월 초 어느 토요일, 도원은 새로운 집으로 거처를 옮겼다. 전에 살던 집보다 더 높고 넓고 볕이 잘 드는 주상복합 아파트다. 도원은 새집이 마음에 든다. 많은 것을 버리고 왔기 때문에 쾌적하고 여유롭다. 도원도 그렇게 지내고 싶다. 여유롭고 쾌적하게. 자신만 아는 이 공간에 그는 당분간 누구도 들이지 않을 작정이다. 혹은, 정말로 소중한 사람에게만 허락할 것이다.

스스로의 유치한 순정에 헛웃음을 지으며 도원은 얼음보다 차가운 코젤 뚜껑을 돌렸다. 칙, 하는 소리와 눈앞에 보이는 쓸쓸한 듯 아름다운 야경, 그리고 꽉 찬 리듬의 스탠더드 재즈가 어우러지자 그를 덮고 있던 권태가 일시에 걷힌다. 이럴 때면 도시의 밤을 사랑하지 않을 수 없다. 더불어 자신이 평범하지만 괜찮은 현대인이라는 느낌이 든다. 결국 삶은 이런 순간을 위해 굴러가는 게 아닐까.

자신이 고독하다는 사실이 새삼 만족스러웠다. 고독으로 인해 고독이 아닌 것을 꿈꾸며 계속해서 고독할 수 있음이 무척 달콤하게 느껴졌다. 도원은 혼자만 이해할 수 있는 미소를 지으며 어두운 밤하늘과 소리 없이 건배를 나눴다.

6

여름이 깊어지면서 예진은 더 예뻐졌다. 본인은 잘 모르지만 예진의 외모는 그때그때 달라지는데, 가장 컨디션이 좋아지는 때는 바로 지금 같은 '짝사랑 중'일 때다. 콩닥대는 심박수 덕에 볼은 발그레해지고 멍하게 있다가 식사 때를 놓치는 일이 잦아지면서 알아채지도 못한 사이에 몸은 보기 좋게 말라간다. 일은 손에 잡히지 않고 마음은 몸을 이탈한 채 부유하며 거리의 풍경은 포도주 한 잔을 홀짝인 뒤처럼 오묘하게 또렷해진다. 누군가를 좋아하는 마음이란, 어째서 이런 식인 걸까.

일상의 사이사이로 도원의 조각들이 날아든다. 그가 남긴 말들, 어미를 처리하는 방식, 특정 단어를 말했을 때의 미묘했던 표정, 감정의 상승을 짐작할 만한 아주 작은 제스처. 도원과 마주앉은 자리에서 눈이 마주치지 않을 때마다 세심히 관찰한 덕에 혼자서도 되새길 것은 넘쳐난다. 몰래 훔쳐보고 있노라면 불현듯 어린아이처럼 꽉 안아주고 싶은 마음이 샘솟는다. 이렇게 아무때고 두둥실 떠오르는 마음을 누를 때마다 연필을 씹어대는 통에 예진이 아끼는 핑크팬더 연필 끝은 초토화가 됐다.

예진은 이 상태가 싫지 않다. 아직 '연애 중'이라는 타이틀을 붙일 수는 없지만 바로 그 이유 때문에 더 설레는 날들. 이런 날들만 계속된다면 매일이 재미날 텐데. 그 많고 많은 시작의 직전들 중, 연애의 시작 전보다 달콤한 게 있을까. 아쉽게도 이 시간이 오래 지속되지 않는다는 건 예진도 알고 있다. 취한 뒤의 갑작스런 입맞춤, 예기치 못한 한 방처럼 불시에 듣게 되는 상대의 속마음, 혹은 자신으로부터 터져나오는 암시적인 고백. 그런 찰나의 지점 후에 관계는 성큼, 어느 단계로 진입한다.

상대가 마냥 우주 전체인 것만 같은 달콤함은 통상 한두 달가량 지속된다. 그러다 석 달쯤 접어들 무렵, 두 사람이 서로를 마주 보게 되는 단계가 찾아온다. 우주의 시대가 차츰 저물면서 일상이 책갈피처럼 딸려 들어온다. 그러다 갑자기 현실이라는 단어가 야비한 강도처럼 두 연인을 습격하는 것이다.

그런 전개를 생각하면 골치가 아프다. 한없이 맑은 지금이 좋은 게 아닐까. 그러나 분명히, 현재에만 머무르고 싶지는 않다. 다소 횡보 중인 관계가 점점 참을 수 없이 조급하게 느껴지기 때문이다. 이런저런 고민을 하는 중에도 도원에 대한 감정은 점점 짙어진다. 마음이란 건 언제나 그냥 달려나가버린다.

어쨌든 그런 여러 가지 연유로 예진은 요즘 밤에 잠을 잘 이루지 못한다. 새삼스러울 것도 없다. 기쁘면 기쁜 대로 심란하면 심란한 대로 별일 없으면 별일 없는 대로, 예진은 어려서부터 잠이 드는 데 상당한 시간을 요했다. 수면유도제를 먹어보기도 했지만 아직 정식으로 수면제를 복용한 적은 없다. 내과에 간 김에 상담을 해본 적도 있다. 예진의 길고 긴 얘기를 참을성 있게 들은 의사가 안경 너머 눈을 치켜떴다.

"중간에 깨거나 악몽을 꾸시나요?"

"아니요."

"딱히 우울감이랄 것도 없으시다고 했고요."

"네."

"그럼 문제가 뭐죠?"

목이 뻐근한지 의사는 고개를 좌우로 돌렸다. 예감이 좋지 않은 진료였다.

"그러니까." 예진은 천장을 노려봤다.

"한번 잠들면 잘 자요. 잠이 들면 아홉 시간도 자고 어쩔 땐 열 시간까지도요. 문제는 '잠이 드는 데' 두 시간이 넘게 걸린다는 거죠. 그것도 짧을 경우에요. 어떨 땐 네 시간도 걸려요. 밤을 꼬박 새운 적도 많고……."

예진은, 아마도 진료실에 들어서자마자 했을 얘기를 차근히 반복했다.

"혹시 현재 일을 쉬고 계십니까?"

의사가 백수냐는 질문을 고상하게 돌려 표현했다.

"……네."

예진이 탐탁잖게 답했다. 공교롭게도 병원에 갔을 때 예진은 이직 준비로 일을 쉬던 중이었다.

"운동도 많이 안 하시고요?"

"뭐……." 예진이 언짢게 얼버무렸다. 의사는 무릎을 탁 쳤다.

"그래서 그런 거예요. 엄밀히 말해 불면증이라고 보기도 힘들 죠. 자유롭게 지내다 보니 환자분의 사이클이 24시간이 아니라 30시간쯤에 맞춰진 겁니다. 원래 사람의 수면주기가 24시간에 맞 추기가 힘든 거예요. 어쩌겠어요. 해는 스물네 시간마다 한 번 도 는 걸요. 뭐 실제론 지구가 도는 거지만 편의상 그렇다 치고. 어 쨌든 해가 사람한테 맞출 순 없는 거 아니겠습니까. 사람이 해한 테 맞춰야죠."

의사가 콧방귀 비슷한 걸 뀌었다. 늘 느끼는 거지만 세상엔 이상한 의사들이 참 많았다.

"운동을 하세요. 다시 직장생활 하시면 자연히 나아지실 테니 약 처방은 안 해드립니다."

예진은 어쩐지 부당하다는 생각을 안은 채 진료실을 나왔다. 그 뒤 운동도 해봤지만 그다지 열심히는 아니었다. 잠들기 위해 하는 운동은 버겁고 억울했다. 우연인지 다행인지 그 진료를 계기로 예진의 구직 활동은 맹렬해졌고 얼마 지나지 않아 지금의 회사에 입사하게 됐으며 의사의 말대로 잠드는 시간은 전보다 훨씬 짧아졌다. 하지만 여전히, 잠들기까지 한 시간을 넘기는 건 예사였으며 주말에는 밤을 꼬박 새우는 일도 잦았다.

한편으로 예진은 '잠 못 이루는 밤의 딴짓'을 꽤 즐기기도 했다. 본디 밤이라는 마법의 시간이 젊음이라는 혈기를 만나면 잠은 저 멀리 달아나는 법이다. 혼자 있고 싶으면서도 누군가와 얘기 나누고 싶고 막상 친구에게 연락하긴 귀찮았던 올 초의 어느 날. 그때 우연히 들어간 곳이 '잠을 이루지 못하는 사람들'의 오픈 채팅방이었다.

방 정원은 열두 명. 스물여섯 살부터 서른두 살로 제한된 연령. 맞닿은 몇 구를 묶은 동네 설정. 나이에 상관없는 반말. 심리적 장벽이 낮은 건 당연했다. 닉네임은 동물 이름으로 정해져 있었고 올빼미, 오소리 등 야행성 동물들의 이름은 일찌감치 선

점되어 있었다. 예진은 왈라비의 신분으로 불면의 동지들을 만났다. 졸린 듯 두런두런 오가는 얘기들이 한밤에 켜놓은 백열등처럼 포근했다.

정모에서 만난 사람들은 희한하게 자신의 닉네임을 닮아 있었다. 나무늘보님은 나무늘보 같았고 족제비님도 족제비 같았다. 생활에 바쁜 사람들은 모임에 나올 여유조차 없는 것이었을까. 정모까지 나오는 사람의 부류는 둘로 나뉘었다. 석사 이상의 학생들과 문화예술 종사자들이었다. 예진은 그들과의 만남이 즐거웠지만 그들의 '인문학적 자부심' 앞에서 작아지는 기분은 어쩔 수가 없었다. 새로운 인물이 나타나면 그쪽으로 급 집중되는 분위기에서 느껴지는 드러낼 수 없는 소외감도 뒤따랐다. 그렇게 예진은 비밀스런 작은 불편을 떠안는 것으로, 혼자서 견딜 불면의 밤을 거래했다.

그럼에도 때로는 의지할 만했던 이 오프모임은, 바뀐 방장이 무슨 생각에선지 정원을 80명으로 늘리면서부터 빠르게 변질됐다. 영어나 숫자를 섞은 동물 닉네임, 그러니까 티티새1789나 sloth21C에 이어 멸종된 고대생물과 듣도 보도 못한 미생물들이 등장했고 급기야 츄바카까지 나타나면서 방은 캄브리아 대폭발기처럼 체계 없이 소란해졌다. 예진은 자연스럽게 오프에 나가지 않게 됐고 속사포같이 울리는 알림음도 종종 꺼두곤 했다. 그래도 여전히 그 방을 나오지는 못했으며 잊을 만하면 무음모드를 해제하고 잠 못 이루는 밤, 도시에 점처럼 흩어진 야행인간들이 주고받는 고독한 단어들을 조용히 엿보곤 했다. 바삭거리지만 때로는 위로가 되는 말들을.

마지막으로 도원을 만난 건 금요일이었다. 한가로운 식사자리였고 부드러운 기분이 감돌았지만 무너지지 않는 단단한 둑 같은 게 느껴졌다. 말하자면 금요일에 만난 것까지는 좋았는데, 그게 금요일 저녁이 아닌 금요일 낮이라는 점 따위. 게다가 오늘 밤엔 뭘 하느냐는 예진의 물음에 도원은 웃으며 비밀이라고 답했는데 이때만큼은 도원의 소탈한 미소가 전혀 반갑지 않았다. 그때 메시지창이 뜨는 바람에 오픈 채팅방의 존재가 대화의 주제로 떠올랐다. 불금 급정모에 관한 톡들이 빠르게 화면 위를 스쳤다.

도원의 오픈 채팅에 대한 언급은 예진의 심기를 건드렸다. 정말 보고 싶은 사람은 없느냐는 그의 질문은 이 모임의 피상성과 하찮음을 전제로 한 것처럼 들렸다. 예진은 보고 싶은 사람은 다 만나고 있다는 말로 응수하며 도원의 반응을 살폈지만, 기대했던 표정, 즉 자신에 대한 모종의 찬탄이나 최소한의 미소조차 아닌 김빠진 표정으로 응수하는 도원에게 실망하지 않을 수 없었다. 그래서 일종의 심술로 예진은 그날 밤 정모에 나갔다.

　그러나 오랜만에 간 모임은 낯설기만 했다. 익숙했던 멤버들은 눈에 띄지 않았고 새로운 사람들이 터줏대감처럼 신입 멤버들을 반기고 있었다. 얼마간 예진은 철저히 겉도는 스스로를 인지한 상태로 앉아 있었다. 그녀는 어색함을 메우기 위해 입을 놀렸고 사람들의 표정에 반응하느라 얼굴에서 미소가 거의 지워지지 않았기 때문에 내부의 고독감은 혼자만의 비밀일 수밖에 없었다. 그 상태에서 예진은 대각선 방향에 멀찌감치 앉은 남자와 몇 차례 의도치 않게 눈이 마주쳤다. 남자는 누구와도 대화하지 않는 상태로 혼자 잔에 소주를 부으며 앉아 있었고 몇 차례의 자리이동 후엔 여백으로 가득한 공간에 외따로 머물고 있는 것처럼 보였다. 예진은 물이 채워진 자신의 잔을 바라봤다. 술을 거의 마시지 못해 늘 물을 채웠으므로 예진의 잔은 언제나 소주잔이다. 적당한 기회에 예진은 잔을 들고 남자에게 다가갔다. 옆에 앉는 순간 서늘한 기운이 확 끼쳤다. 굳이 나누자면 한기와 시원함의 중간쯤 되는 온도였다.

　"처음 왔지?"

　예진이 붙임성 있게 말을 걸었다. 또래로 보이는 남자가 고개를 푹 떨궜다. 딴엔 그게 끄덕이는 거라고 생각한다는 게 우스웠다.

"나도 오랜만에 와봐. 전이랑은 좀 달라져서."

남자는 '아, 그래' 따위의 형식적인 대꾸조차 없이 잔만 입으로 가져다댔다. 이래서는 더 이상의 대화는 무리다. 예진은 가방끈을 꽉 부여잡았다. 여러모로 기분 사나운 날이었다. 몸을 일으키려는데 남자가 의외의 말을 했다.

"이런 데 오는 거 재밌을 줄 알았어. 조금은 기대했거든."

예진은 입맛을 다셨다. 자신의 생각과 절대적으로 일치했지만 동시에 비판으로 들렸다.

"재미를 모르는 사람은 계속 몰라. 아는 사람만 알지." 말에 고의적으로 담은 비수를 감지했기를 바라며 예진은 자연스럽게 일어섰다. 건물 밖으로 나와 지하철을 탈 때까지 아무도 그녀의 퇴장을 눈치채지 못했다. 예진은 빈 지하철 좌석에 털썩 몸을 맡겼다. 그리고 오기 전보다 더 헛헛한 마음으로, 이 모임에 완전한 종결을 고했다. 어디선가 새어드는 바람이 조금 전 옆에 앉은 남자에게서 느낀 냉기를 닮아 있었다. 외로움의 온도인가. 예진은 뻥 뚫린 가슴으로 입술을 깨물었다. 이 긴 시간 동안 도원에게선 한 차례의 연락도 없었다.

집에 돌아온 예진은 수첩을 잃어버렸다는 것을 깨달았다. 메모와 일기의 중간쯤 되는 글들을 끼적이는 수첩으로 딴엔 '마음장'이라고 부르는 소중한 노트였다. 그 안엔 예진의 모든 게 쓰여 있었다. 생리주기, 일상 속에서 느끼는 단상들, 미래의 계획, 그리고 도원에 대한 마음……. 지하철 안에서 끼적이던 게 마지막이었으므로 열차 안에 두고 내렸을 가능성이 제일 컸다. 유일하게 기대해볼 수 있는 건 맨 뒷장에 붙여둔 자신의 명함 속 전화번호였으나, 이렇게 된 이상 차라리 아무에게서도 연락받지 않는 편이 나았다.

불모지를 떠돌고 있을 마음장은 길 잃은 예진의 마음을 은유했다. 예진은 갈 곳 없는 마음을 부여잡고 또다시 불면의 밤 안으로 진입했다. 수많은 상념과 의미 없는 이미지가 흐르는 시간을 길게 붙잡은 채 예진은 진이 다할 때까지 끝없이 뒤척이다 밤이 새벽에게 손길을 내줄 즈음에야 쿨쿨 잠들어버렸다.

7

토요일 오후, 홍대입구역 8번 출구. 호계는 이런 인파에 섞여 있는 게 어색하다. 조금 전 계단을 오르면서 사람들 사이에 묵묵히 갇혀 있던 때를 떠올리자 다시 구토감이 밀려들었다. 일렬로 늘어선 레고인형의 대열에 낀 것 같았다. 다른 때였다면 진작 도망쳤을 거다. 그런데 왜? 호계는 손에 쥔 노트를 힐끔 바라봤다. 번쩍이는 보라색 털로 뒤덮인 통통한 고양이가 웃고 있다. 호계는 그림이 눈에 띄지 않도록 노트를 뒤집었다. 가방을 가져올 생각도 하지 않은 자신이 한심했다. 한여름, 찜통 같은 대낮에 누군가를 이렇게 오래 기다려본 적이 있던가. 성가시다. 하지만 왜인지 외면할 수는 없었다. 외면할 타이밍을 놓쳤다는 표현이 더 어울릴지도.

사정없이 내리쬐는 햇살에 얼굴을 찌푸리고 있는데 시야에 미소 띤 여자의 얼굴이 들어왔다. 며칠 전, 밤에 봤을 때와는 또 다른 인상이다. 호계는 당황함을 감추기 위해 체중을 다른 발에 실었다. 이런 식의 만남이라니. 하긴 며칠 전 오픈 채팅 오프모임에 나간 것도 전혀 상상 밖의 일이긴 했다. 틴더 같은 어플로 일대일 만남을 해본 적은 있지만 다수의 낯선 사람과 갑작스럽게 대면한 건 처음이었다.

호계를 이 여름날 뙤약볕 아래 서게 한 태초의 계기는 저 멀리 스페인에서부터 날아왔다. 세바스티안과 에밀리아노. 베이커리에 얼마 전부터 얼굴을 비추는 스페인 형제의 이름이다. 전 세계 주요 도시에 두 달씩 살아보는 프로젝트를 진행 중인 형제는 초보 수준의 한국어를 구사하지만 불타는 학구열로 한번 입을 열면 장황하게 말을 늘어놓는 게 특징이다. 며칠 전 둘 중 눈썹이 조금 더 진한 형, 에밀리아노가 찹쌀도넛을 집어들고 재인에게 물었다.

"카페이나 맞읍니까?"

"카페이나?"

재인이 되물었다.

"여기. 까만 덩어리. 카페이나."

세바스티안이 곱슬거리는 다갈색 머리를 흔들며 고집스레 부연했다. 재인이 영문을 몰라 호계를 쳐다보고 있는 사이, 에밀리아노와 세바스티안은 '몇 번 이 빵을 먹어봤는데 그때마다 밤을 꼴딱 새운 걸 보면 이 안에 든 까만 덩어리로 인하여 밤잠을 설친 게 맞다는 결론에 이르렀으며 따라서 이 검은 덩어리는 설탕범벅의 카페이나, 즉 카페인이 맞다는 결론에 이르렀음'을 약 10분에 걸쳐 설명했다.

형제가 나간 후에도 재인은 한동안 웃음을 멈추지 못했다.

"한국 생활이 너무 재미있어서 잠을 못 자는 게 아닐까. 한국의 밤은 버라이어티하니까."

"요즘 세상에 잠 잘 자는 사람이 있을까요?" 호계가 싱겁게 응수했다.

"난 의외로 금방 잠드는 타입." 재인이 말했다.

"잠 못 드는 밤은 괴롭잖아. 물론 한때는 달콤하다고 생각한 적도 있지만. 내가 호계 씨 나이였을 땐 잠 걱정을 해본 적이 없어. 주변에 다 잠을 잊은 사람들뿐이었거든. 그래서 그 사람들이 하나둘 사라지고 난 뒤엔 한동안 적응하기가 힘들었지. 이젠 괜찮지만."

그렇게 말하는 재인의 미소는 약간 흐려져 있었다.

"호계 씨도 있지 않아? 누군가와 얘기 나누고 싶은 밤들 말이야."

호계가 본 재인은 늘 혼자일 것 같은 사람이었다. 그러나 얘기를 나누다 보면 꽤 왕성한 대인관계의 흔적이 느껴져 의외다.

누군가와 얘기 나누고 싶은 밤. 재인이 던진 키워드는 얼마 후 호계의 뇌리에 떠올랐다. 그날 밤 그는 오픈 채팅창을 열었다. 잡동사니같이 쏟아져나오는 시시한 목록들이 눈을 어지럽혔다. 호계는 떠오르는 단어를 검색하며 세상에 어떤 사람들이 존재하는지 훑어보기 시작했다. 생각할 수 있는 모든 키워드가 엄연한 방으로 존재했다. 목록을 훑다 첫 번째로 들어갔던 건 '침묵의 방'이었다. 그 방 사람들은 채팅 대신 일상을 증명하는 사진을 올리거나 좋아하는 음악을 튼다. 그러나 침묵의 방에서조차 호계는 최소한의 살아 있음을 증명하지 않았으므로 유예 기간인 하루가 지난 직후 조용히 강퇴당했다.

그 뒤 우연히 발견한 방이 불면의 방이었다. 호계는 멤버가 12명에서 80명으로 늘어나던 캄브리아 대폭발 시기에 방에 합류했으며 그의 닉네임은 '유령'이었다. 유령도 동물인가. 누군가가 물었고 방장이 동물이름으로 닉네임을 바꿔달라고 요청했지만 끊임없이 사람들이 들고 나는 대화의 쓰나미 속에 유령의 존재는 금세 잊혀졌다. 그렇게 호계는 닉네임에 걸맞은 유령 상태로 방 안에 머무르게 됐다.

"정모 같은 데 나가봐. 재미있는 사람들이 있을지도 모르고."

방의 존재에 대해 들은 재인이 호기심 있게 말했다. 호계는 그 말을 흘려들었지만 결국 얼마 뒤 호계가 정모에 나간 건 전적으로 재인의 말 덕분이었다.

모임은 작은 선술집에서 이루어졌는데 자리가 꽉 차도록 사람이 넘쳤고 여러 개의 테이블이 흩어져 있었다. 그 덕에 아무도 호계에게 관심을 두지 않았다. 몇 차례의 형식적인 인사 끝에 호계가 온라인에서와 마찬가지로 혼자 있는 상태에 이르는데는 그리 오랜 시간이 걸리지 않았다.

호계는 조용히 사람들을 지켜봤다. 고요한 불면자들의 방을 실사로 바꾸니 평범하고 시끄러운 이들만 모아놓은 것 같았다. 무엇보다 텍스트로 봤을 때는 자연스러웠던 '조건 없는 반말'이 실제로 들으니 거슬리기 짝이 없었다. 호계의 시선은 멀찍이 앉은 한 여자에게 향했다. 끊임없는 말과 적당해 보이는 미소. 크게 나서지 않으면서도 분위기를 맞춰주는 밝은 표정이 눈에 띄었다. 언뜻 들리는 대화에서 여자의 닉네임이 왈라비라는 걸 알게 됐다. 왈라비보단 푸들이나 웰시코기에 더 가까운 느낌이었다. 호계는 죽었다 깨나도 자신이 저런 식의 사람은 될 수 없을 거라 생각했다. 조금 후, 인기척에 고개를 돌려보니 왈라비가 옆에 앉아 있었다. 그녀는 친근하게 몇 마디를 붙였지만 호계는 별로 적극적인 대화를 이어갈 기분이 아니었다. 심드렁하게 몇 마디로 응수하는 사이, 짧은 대화는 시시하게 끝났다. 분명한 건 호계가 이 기묘한 불면의 동물모임에 다시는 나오지 않을 거라는 점이었다.

그 생각을 안고 집으로 향하던 중 뜻밖의 일이 벌어졌다. 지하철 안, 무심코 고개를 들자 여자의 얼굴이 보였다. 그러니까 호계의 대각선 앞에, 왈라비가 앉아 있었다.

드문드문 켜진 형광등 탓에 청회색으로 느껴지는 열차 안, 몸을 웅크리고 앉은 왈라비는 조금 전 군중 속에 있을 때와 달리 침울해 보였다. 한동안 초점 없이 허공을 응시하던 그녀는 갑자기 가방에서 노트를 꺼내더니 거추장스런 털뭉치가 달린 요란한 볼펜으로 무언가를 쓰기 시작했다. 메모하는 중간중간 폭폭 한숨을 내쉬면서. 호계는 왈라비의 펜 끝에 달린 털뭉치가 좌우로 달랑거리는 모습을 지루해질 때까지 바라보다 시선을 거뒀다. 다시 그쪽을 봤을 때 자리는 비어 있었다. 바닥에 비스듬하게 떨어진 노트가 눈에 들어왔다. 호계는 다가가 노트를 주웠다. 무언가 복잡하고 귀찮은 일에 얽힐 거라는 예감이 들었지만 그러지 않을 수 없었다.

집에 돌아온 후에도 호계는 설명하기 힘든 꺼림칙한 기분에 노트를 열지 않았다. 며칠간 불면의 밤을 살폈지만 왈라비는 말이 없었다. 오픈 채팅에선 상대의 프로필을 볼 수가 없다. 호계는 노트를 펼쳤다. 노트 맨 뒤에, 명함이 한 장 붙어 있었다. 스카치테이프로 붙인 걸 보니 본인의 명함 같았는데 그 위에 쓰여 있는 주소는 베이커리에서 몇 분 되지 않는 곳에 있는 완구회사였다. 호계는 잠깐 고민하다가 일단 왈라비의 전화번호를 저장했고 카톡에 새로 친구 추가가 뜨자마자 프로필을 클릭했다. 공개된 사진은 한 장도 없었지만 최근에 바뀐 프로필에 노트 사진이 떡하니 올라와 있었다. 이건 분명, 찾고 있다는 메시지다.

호계는 뜨끔해진 기분으로 호흡을 가다듬었다. 그러곤 메마른 검사자와 같은 태도로 페이지를 넘겼다. 빼곡한 단상들이 일목요연하게 정리돼 있었다. 아기자기한 스티커와 간간이 그려 넣은 작은 일러스트들로 가득한 노트는 여중생의 다이어리처럼 동화적이었다. 팬시점에서 판매용으로 만들어놓은 샘플 다이어리 같달까. 호계는 특이하게 각진 글씨체를 훑다가 도원 씨, 라는 글씨가 한 면을 가득 메운 페이지를 발견했다. 크게, 작게, 수많은 점이 찍힌 채로.

좋아하는 사람인가보다. 둔한 호계도 단번에 알아챌 수 있었다. 엉킨 마음과 고백하지 못한 마음이 너무나 쉽게 해독됐다. 호계는 얼른 마지막 장으로 건너뛰었다.

외롭다. 이 감정은 내 안에 있는 것.

그런데 왜 밖에서만 답을 찾으려 할까.

메모는 여기에서 끝나 있었다. 그러므로 그날 왈라비가 지하철 안에서 썼을 문구는 아마 이것일 터였다.

호계는 이와 같은 일을 재인에게 들려줬다. 물론 계획적으로 말한 건 아니었다. 남에게 좀처럼 얘기를 많이 하지 않는 호계지만 이상하게 재인에게만큼은 혼잣말하듯 말을 뱉게 된다. 툭툭 몇 마디 던졌을 뿐인데 재인은 호계가 아무렇게나 던진 단어들을 잘도 꿰어서 이야기를 완전히 이해해버린다.

"불면의 방에서 만난 왈라비의 비밀노트라……."

이런 식으로 말이다.

"돌려줘야겠죠?"

호계가 내키지 않는 듯 말했다.

"벌써 그렇게 마음먹었던 거 아니야?"

재인이 부드럽게 격려했다.

그렇게 해서, 왈라비가 삼 일 만에 호계 앞에 서 있다. 서로의 동선과 시간을 맞추다 보니 어쩌다 약속장소는 토요일 오후 홍대가 되어버렸다.

"고마워요." 노트를 건네받은 왈라비가 말했다.

"이거 사실 진짜 소중한 거거든요."

"그때 반말한 것 같았는데."

딱히 대꾸할 말이 없어 호계가 화제를 돌렸다.

"아, 그건 그거고 이건 이거라."

어중간한 투의 답이 돌아왔다.

"그럼 차라도 한잔 살게, 고마우니까."

호계는 사양하고 싶었으나 거절의 말이 바로 떠오르지 않았고 정신을 차려보니 둘은 자연스레 인파에 섞여 걷고 있었다. 몸에 닿을 만큼 빽빽한 사람들 틈에서도 아까처럼 토할 것 같지는 않았다.

문득 하늘을 올려다보자 온갖 색이 서로를 조화롭게 침범해 가는 여름 노을이 하늘을 물들이고 있었다. 세계가 탄생했다고도, 붕괴했다고도 말할 수 있을 만한 하늘이었다. 이 드라마틱한 하늘 아래 무심한 인파가 지나가고 있는 게 믿기지 않았다. 호계는 이유도 모른 채 그 하늘을 오래도록 바라봤다.

8

"한 건물에서 일하는 남녀. 남자는 밤낮으로 캄캄한 지하에, 여자는 온종일 해가 드는 13층에?"

재인이 재미있다는 듯 물었다. 호계가 들려준 바에 의하면 여자는 남자를 좋아한다. 반면 남자의 감정은 다소 아리송해 보인다. 그러던 어느 날 남자는 여자에게 티켓이 생겼다며 공연을 보러 가자고 한다. 단둘이 아닌, 친구를 초대해도 좋다는 모호한 말과 함께.

호계는 이 미완의 짧은 러브스토리에서 여주인공이 우연히 알게 된 친구로 등장한다. 오픈 채팅으로 만나 금세 친구가 되다니 역시 이십대는 다르다. 하긴 나도 그랬었지. 젊음의 한복판에선 뭐든지 가능한 거니까.

그리고 이 극에서 재인이 맡은 역할은 '여주인공의 친구가 일

하는 작은 베이커리의 사장 역'이다. 그야말로 조연 중의 조연이
네. 재인은 혼자 생각하며 웃었다.

모르는 사람의 연애담을 듣는 건 언제나 흥미진진하다. 멋대
로 만들어낸 상상은 한달음에 달려나가 '잘됐음 좋겠다, 두 사
람!'이라는 응원과 함께 마음속에서 해피엔딩을 만들어낸다. 재
인은 남의 행운을 진심으로 빌어주는 것을 좋아한다. 특히 사랑
에 관해서라면.

나는 왜 이토록 행복한 결말에 대해 관대한 걸까. 정작 그런
걸 별로 경험해본 적도 없으면서. 의문했던 적도 있다.

시간이 지나자 그 의문 자체에 답이 들어 있다는 걸 알게 됐
다. 누군가는 자신이 경험하지 못했기 때문에 남도 그런 호사를
누려서는 안 된다고 생각할지 모른다. 하지만 재인은 그런 사람
이 아니다. 자신이 겪지 못한 행복, 충만하고도 영원한 사랑이
타인을 통해 어디선가 실현되기를 바란다.

가게에서의 일상은 한가로운 듯해도 의외로 복잡하고, 일이
끊이지 않는 듯하다가도 일순간에 고요해진다. 신기한 건 하루
에 꼭 한 번쯤, 손님이 완전히 끊기는 시간이 생긴다는 점이다.

그 시간은 일정치가 않아서 오후 1시부터 2시 사이일 때도 있
고, 3시 40분부터 4시 25분까지일 때도 있다. 오늘은 이 시간쯤

이겠거니 하는 때가 그날의 피크타임이 되곤 한다. 하지만 언제 찾아올지 모르는 그 타이밍은 약속처럼 한 시간 가까이 이어진다. 다른 가게들도 다 이럴까 싶을 만큼 신기한 '무법칙의 법칙'이다. 이 비정기적인 브레이크 타임에 호계와 재인은 각자 책을 보거나 스마트폰을 들여다보곤 했었다.

그런데 요즘 호계는 여유가 있을 때 그림을 그리기 시작했다. 보아하니 묵히긴 아까운 재주다. 또 말도 전보다 많아졌다. 그래봤자 보통 사람의 반의반도 안 되는 수준이지만, 결과적으로 재인과 나누는 말의 양도 늘었다.

"와, 이렇게 실력이 좋은 줄 몰랐네."

호계의 그림을 보며 재인이 감탄했다.

"낙서 수준이죠."

"전부터 그림 그리는 거 좋아했던 거야?"

"그랬던 것 같기도 하고."

혼잣말처럼 대답하더니 다시 작업에 몰두한다. 호계는 지금 A4용지 위에 베이커리의 풍경을 묘사하는 중이다. 플러스펜 하나로 표현되는 명암과 강약이 섬세하다. 풍경만 있을 뿐 인물이 없다는 점이 호계답다. 재인은 호계가 허락한다면, 완성된 그림을 작은 액자에 넣어 선반 한쪽에 장식해두고 싶다.

호계의 새 친구에 관한 얘기를 듣고 나서 재인이 느낀 감정은 대견함에 가까웠다. 재미난 경로로 사귀게 된 친구 얘기는 호계로부터 듣는 첫 번째 사적 이야기나 다름없었다. 재인은 그림을 그리고 있는 호계의 진중한 옆모습을 물끄러미 훔쳐본다. 이 아이는 외로운 아이다. 나와 닮은 외로운 아이.

그런 생각을 호계가 알게 되는 것을 원하지 않으므로 입 밖에 내 표현한 적은 없다. 그래도 재인은 호계를 조금 더, 남들에게 하는 것보다는 훨씬 깊이, 마음으로 대한다. 동생을 대하듯이. 아니, 동생이 있었더라면 이렇게 했을 거야, 하는 마음으로.

재인은 여덟 살 되던 해 동생을 잃었다. 타고나길 약한 아이였다. 어릴 때 잔병을 달고 지내는 아이들이 몇 해만 지나면 건강해진다는 속설도 동생에겐 예외였다. 네 돌이 막 지난 무렵 동생에게 심한 열감기가 왔다. 그날 엄마 아빠 사이에 무시무시한 싸움이 벌어졌다. 아이가 감당하기엔 너무 끔찍했던 것일까. 재인의 무의식은 '공포'라는 감정만 남겨두고 그날 밤의 기억을 통째로 하얗게 지워버렸다. 재인이 장롱 안에 숨어 귀를 틀어막고 외로움과 싸우는 동안, 전쟁을 치른 부모가 각자 술병을 끌어안고 곯아떨어지는 동안, 열이 펄펄 끓는 상태로 동생은 몇 시간 동안이나 방치돼 있었다.

사방이 조용해진 뒤 재인은 모두가 죽었거나 살해된 게 틀림

없다고 생각했다. 그 장면을 목격하는 게 너무도 두려워 그녀는 적막 속에 긴 시간을 버텼다. 마침내 장롱 틈새에 햇빛이 비쳐들 무렵 재인은 어두운 문을 밀고 가볍게 바닥으로 점프했다. 폐허 같은 집 안에서 동생이 경련을 일으키고 있었다. 작은 아이의 몸은 화들짝 놀랄 만큼 뜨거웠다. 쌕쌕거리던 빠른 숨소리가 아직도 귓가에 맴도는 것 같다. 폐렴이 왔고 닷새가 채 못 돼서 동생은 눈을 감았다.

동생이 떠난 건 그 상황을 더 이상 보고 싶지 않았기 때문이다. 자라는 내내 재인은 그렇게 생각했다. 그러면서도 부모 앞에만 서면 그녀는 안절부절못했다. 왜 너 혼자 남은 거지, 뻔뻔스럽게. 재인은 그런 노기 어린 눈빛을 아빠에게서 보았다고 생각한다. 네가 조금만 더 일찍 우리를 흔들어 깨웠어도. 그런 중얼거림을 엄마에게서 들었다고 단정한다.

도망치고자 다른 꿈을 꿨던 때도 있었다. 되도록 멀리 닿을 수 없는 곳으로 자신을 던졌다. 하지만 정신을 차려보면 재인은 늘 부메랑처럼 집에 돌아와 있었다. 스스로도 이해할 수 없는 건, 재인이 아직도 동생을 사랑한다는 사실이다. 동생은 정말 사랑스러운 아이였다. 작은 전구가 고개를 들고 뛰어다니는 것처럼 아늑하고 다정한 빛을 뿜어내는 아이였다. 무사히 자라났다면 어떤 사람이 되었을까. 그 모습을 꼭 보고 싶었는데. 내가 조금만 더 빨리 그애를 구했더라면 모든 게 달라졌을까. 아마 그랬을 것이다, 분명히.

"요즘도 그 친구 만나요?"

상념에 잠겨 있는데 호계가 생각지도 못한 질문을 던졌다.

"응?"

"헤어진 남편이랑 계속 만난다는 친구요. 그런 친구는 이제 그만 만나지 그래요. 다가올 복도 냄새 맡고 도망가겠어요." 호계의 말에 재인은 희미하게 웃고 말았지만 웃음의 말미에 곱씹어보니 무섭고 기분 나쁜 말이었다.

현조 씨와는 달에 두세 번 정도 만난다. 때로 같이 식사를 할 때도 있으나 오가는 말은 별로 없다. 어째서 이런 관계를 잇고 있는 걸까. 가까웠던 이와의 단절이 두려워서일까. 아니, 재인은 그가 느끼길 바란다. 자신의 고통을. 쿨하게 반응했지만 배신당한 아픔을. 이런 영혼 없는 관계를 통해 그가 알아채고 반성하고 뉘우치기를 원한다. 하지만 현조 씨는 아마 이런 재인의 마음을 전혀 이해하지 못할 것이다. 그래도 재인은 아직 그를 놓아줄 수가 없다. 마음에 무언가 강렬하고 분명한 것이 차오르기 전까지는. 아니다. 사실 다 변명이고 핑계다. 칼로 긋듯 끊어 버리면 그만이다. 그런데 왜.

"나 되게 후진 사람이다."

재인이 작게 중얼거렸다. 아무도 이해하지 못할 이상하고 기분 나쁜 사람. 말하고 나서 재인은 흠칫했다. 친구의 얘기인 척 말했지만 주체가 자신임을 누설해버린 거다.

"재인 씨가 후진 사람이라니. 그럴 리가 없잖아요."

호계가 웃었다. 이 애한테 이런 농담은 과한 찬사라는 걸 안다. 재인은 당황한 마음을 감추기 위해 얼른 눈을 돌려버린다.

9월 초. 낮엔 덥지만 아침저녁으론 선선한 공기가 상쾌한 토요일이다. 재인은 허리가 잘록하게 들어간—검정에 가깝지만 실은 짙은 보라색인—원피스를 입고 커다란 빗핀을 꼽았다. 계절의 미미한 변화를 고려하지 않은 듯 극장 안에는 에어컨이 강하게 틀어져 있어 추울 정도였다. 에어컨을 피해 이리저리 돌아다니고 있을 때 호계와 맞닥뜨렸다.

"힘주고 나왔네요."

호계가 살짝 웃으며 말한다. 호계는 평소와 다름없는 차림이다. 헐렁하고 허름해서 편해 보인다.

"주말 맞이 기분전환이지, 뭐."

그렇게 대답했지만 재인은 밀려드는 부끄러움을 감추느라 몰래 심호흡을 했다. 공연 관람에 걸맞은 복장이라고 생각했을 뿐인데 이걸 데이트로 받아들였다든가 하는 식으로 호계가 오해하는 일이 없기만을 바랐다. 다행히 호계는 별뜻 없이 말한 것으로 보였다. 그는 누군가에게 톡을 보내는가 싶더니 먼 곳을 향해 팔을 들고 인사를 했다. 저 멀리 호계의 친구가 보였다. 그 사람이구나. 장난감 회사에서 일하는 여자 주인공. 재인은 호기심 섞인 얼굴로 현실에 나타난 여주인공을 바라봤다.

귀엽다. 상상했던 것보다는 조금 덜 신비롭지만, 무척 경쾌하고 투명한 느낌의 여자다. 세 사람은 인사를 건네고 잠시 시간을 보냈다. 갑자기 장난감 회사에 다니는 여자의 눈이 살짝 커졌다. 만나기로 한 남자가 나타난 모양이다.

남자 주인공은 또 어떤 모습일까, 재인은 기대를 품고 고개를 삐죽이 세웠다. 남자는 몸을 돌린 채 포스터를 들여다보고 있어 얼굴이 보이지 않았다. 입은 옷이나 스타일이 전형적인 프리랜서의 복장 같지는 않았다. 자유롭되 어느 정도 격식이 있는 옷차림이다. 재인은 여주인공의 얼굴로 흥미로운 시선을 돌렸다. 미소가 곁들여진 완전한 응시. 좋아한다는 건 저런 거구나. 그런데 또 하나, 재인은 재미있는 걸 발견했다. 여주인공을 바라보는 호계의 눈빛. 다른 곳을 보다가도 여자에게 자석처럼 꽂히는 눈길의 방향. 재인은 새어나오려는 미소를 잠그느라 입술을 지그시 물었다. 맴돌고 있다, 친구라는 이름으로. 하지만 정작 호계 씨는 아직 자신의 감정을 눈치채지 못한 것 같네.

용케들 이런 감정으로, 이런 표정들을 짓고 사는구나. 새삼스러우면서도 조금 쓸쓸했다. 자신에게서 멀어진 어떤 것이 여전히 존재한다는 사실이.

재인은 호계에게 먼저 들어가겠다는 메시지를 남기고 사람들 틈에 섞여 공연장 안의 후끈한 공기 속에 자리를 잡고 앉았다. 웅성웅성 관객들의 소리가 실내에 낮게 퍼져나갔다. 조금 후 호계의 친구와 그 친구의 파트너, 그러니까 오늘의 무대 밖 남녀 주인공이 함께 입장했다. 그들의 좌석이 안쪽에 위치했기 때문에 재인은 다리를 끌어당겨 지나갈 통로를 만들어주었다. 재인의 옆에 앉은 남자 주인공이 고개를 돌려 감사하다는 인사를 전했다. 재인의 눈이 처음으로 그와 마주쳤다. 상대의 눈빛이 얼얼해졌다. 재인의 눈도 약간 커졌다. 그가 보였다. 도원의 변함없이 깊고 진한 눈빛이.

그 순간 객석의 불이 소리 없이 꺼졌다. 그러자 그 자리에 모인 모든 이들은 안전한 암흑 속으로 모습을 감췄다.

초가을

—

피를 위한 빠른 단조

9

　무대 위는 화려했다. 4년 만에 연극 무대에 선 균상이 열연을 펼쳤고 관객들은 그가 호흡을 하거나 작은 유머를 던질 때마다 적극적인 리액션을 보였다. 천만관객 타이틀을 몇 개나 지닌 균상과 친분이 깊은 도원은 그에게 직접 초대를 받아 이 자리에 왔다. 도원의 시선은 무대 위를 향해 있었다. 하지만 연극이 상연되는 내내 머릿속을 채운 건 전혀 다른 시간, 돌아갈 수 없는 날의 한 장면이었다.

　작지만 꽉 찬 클럽, 인공 안개처럼 희뿌연 공기가 특유의 냄새를 뿜으며 공간을 장악하고 있다. 눅눅한 어둠 속에 사물들의 색은 몽롱하지만 생생히 빛난다. 음악을 하는 청춘들의 세상은 작지만 크고, 분리되어 있으나 하나다. 2010년대 초, 바닥 좁은 인디 신에서 다른 밴드의 멤버들은 친구이자 동료였으며 관객의 3분의 1은 지인의 지인 혹은 이웃 클럽에서 종종 마주치던 이들이다. 젊음의 열기로 어수선한 가운데 모두가 무대 위를 주목한다. 챙—도원의 기타가 울린다. 처음은 각 음이 살아 있는 아르페지오, 이어서 모든 노트를 삼켜버릴 듯 강한 스트로크. 비트 있는 전주가 관객들의 피를 데우자 언제 합류했는지도 모르게 보컬이 마이크를 집어삼킬 듯 노래를 시작한다.

그룹의 이름은 쿠리젠젠코로. 일본그룹이라고 오해도 많이 받곤 하지만 사실 이름 자체엔 아무런 뜻도 없다. 초창기 멤버들이 아무렇게나 떠오르는 음절들로 즉석에서 조합해 만든 단어다. 그룹의 이름이 주는 독특함 때문에 인터뷰 때마다 멤버들은 같은 얘기를 몇 번이고 설명해야 하지만 한편으론 다들 그 사실을 즐긴다. 아쉽게도 도원은 원년멤버가 아니므로 그룹의 이름에 대한 결정권이 없었다. 자신이었다면 절대로 그런 이름을 용납하지 않았을 거라고 혀를 차며 생각한다. 쿠리젠젠코로에 도원이 들어온 지는 이제 갓 1년이 넘었다. 넉살 좋은 보컬과 캐릭터가 분명한 멤버들 틈에서 도원은 꽉 막힌 성실쟁이라고 장난 섞인 조롱을 받곤 하지만, 실은 해체를 앞둔 다른 그룹에서 어렵게 차출돼온 실력파다. 연주에 작곡까지 도맡은 도원의 합류로 쿠리젠젠코로가 도약한 건 누구나 인정하는 사실이다.

연주에 집중하고 있는데도 이상하게 도원의 눈에는 객석의 누군가가 자꾸만 걸린다. 결국 혼란한 연주의 틈 속에서 도원은 몰입을 방해하는 이유를 찾기 위해 무대 밖으로 시선을 던진다.

그곳에 재인이 서 있다. 그리고 그 사실을 깨닫자 스물여섯 도원의 피는 얼어붙는다.

재인은 얇은 어깨끈이 달린 긴 원피스를 입었다. 생선비늘처럼 반짝이는 보랏빛 드레스가 경쾌하지만 차갑다. 드럼의 비트가 높아지고 관객들이 몸을 흔들며 공중을 향해 물을 뿌려대자 도원의 연주에 템포와 리듬이 실리고 그럴수록 그의 온몸은 재인을 느낀다. 가깝지도 멀지도 않은 거리에서 리듬을 외면한 채 가만히 그를 지켜보기만 하는 재인이. 오랜 기간 동안 친구였던, 지금 이 순간에도 여전히 친구일 뿐인 재인이.

곡이 고조되자 재인이 천천히 움직이며 리듬을 타기 시작한다. 도원의 눈과 몸이 그 움직임을 감지하자, 열정은 에너지가 되어 연주로 쏟아져나온다. 무지갯빛 연주다. 관객들이 터질듯 호응한다. 그리고 마침내 보컬의 고갯짓에 따라 장난스럽게 곡이 마무리되자 함성이 쏟아진다.

몸이 온통 땀으로 젖어버렸다. 무대가 끝났음에도 높아져버린 심장 박동은 가라앉지 않고 오히려 속도를 높여간다. 곧 재인의 무대가 펼쳐질 것이다. 무대의 크기와 상관없이 보통은 자신의 순서를 앞두고 다른 팀의 공연을 볼 마음의 여유가 없다. 그러나 재인은 자신의 무대 직전까지 다른 팀들의 무대를 관람한다. 마치 조금 후 무대에 오르는 건 자신과 전혀 상관없는 사람이라는 듯이.

재인은 '블루 이어(Blue Ear)'라는 밴드의 보컬로, 펑크밴드인 쿠리젠젠코로와 달리 어반과 소프트락을 넘나든다. 도원과 재인은 자주 같은 공연리스트에 올랐고 3년에 걸쳐 서서히 친구가 됐다. 그러나…… 단지 그것뿐일까. 결국 나만의 감정일까. 도원은 열기를 달래기 위해 입안에 머금었던 물을 고통스럽게 삼킨다.

이제 블루 이어가 무대 위로 올라섰다. 베이스가 낮고 퉁명스러운 걸음을 시작하자 재인이 눈을 감는다. 검게 칠한 눈두덩이가 매혹적으로 반짝인다. 무게감을 지닌 보라색 원피스가 몸의 곡선을 따라 움직일 때마다 조그맣게 찰랑찰랑 소리가 나는 것만 같다. 클럽은 작고 재인과 관객의 거리는 손을 뻗으면 닿을 정도로 가깝다. 하지만 도원은 왜인지 모르게 재인이 너무 멀리 있다고 생각한다.

재인이 부드럽게 몸을 흔들며 몽환적인 목소리로 노래하기 시작한다. 맑고 창백한 얼굴과 전혀 다른 목소리가 흘러나온다. 얼굴만 봐서는 짐작하기 힘든, 다른 이의 소리를 빌려 쓴 것 같은 음색이 낮게 떨리며 청아한 우울을 발산한다. 지금 재인의 노래와 가장 닮은 건 그녀가 입은 반짝이는 짙은 보랏빛 옷, 혹은 천장에서 음울하게 빛나며 차르르 돌아가고 있는 사이키 조명이다. 도원은 완전히 압도된 채 재인의 무대를 바라본다. 클라이맥스로 다가가면서 다른 멤버들이 하나둘 연주에서 빠져나간다. 어느새 목소리로만 이루어진, 재인의 독무대가 펼쳐진다. 묘하고 고독한 음이 얇게 벌어진 입에서 새어나온다. 재인이 호흡을 끊지 않은 상태로 반음을 슬쩍 올린다. 또 반음, 그리고 반음 더. 관객들은 숨을 죽이고 재인이 전하는 비극에 전율한다. 그때 재인의 콧잔등에 작고 날카로운 주름이 잡힌다. 예리한 소수만이 알아챌 수 있는 미소. 그러곤 차근차근 노래의 속도가 높아진다. 관객들은 박자에 맞춰 박수로 화답하고 이내 곡은 한없이 발랄해진다. 그러나 처음 시작했을 때처럼 이 노래는 단조다. 빠른 속도 덕분에 경쾌해져버렸을 뿐 이 곡이 변함없이 단조라는 건 누구도 의식하지 못하는 공공연한 비밀이다. 리드미컬한 재인의 턱짓에 맞춰 관객은 기꺼이 이 유쾌한 놀이에 동참한다. 도원은 완전히 당했다는 표정으로 입술을 깨물며 고개를 설레설레 젓는다. 그러다 노래는 점차 템포를 잃어가고 관객은 서서히 침잠한다. 명랑을 떨쳐내고 찰나의 우아함을 거쳐 점차 비장해진 곡은 결국 비극으로 끝난다. 노래를 마친 재인이 인사를 한다. 서커스의 마법사 같은 포즈로 거창하게 팔을 꺾고 몸을 푹 숙이며. 잠깐 침울해졌던 관객들이 열기와 환호로 타오르고 이내 폭발한다. 재인은 환하게 웃으며 도원과 눈을 마주친다. 잊을 수 없는 표정이다.

불이 켜지고 도원은 현실로 돌아왔다. 옆자리의 예진이 치는 열렬한 박수를 따라 무대를 향해 박수를 보냈지만 머릿속에는 연극의 한 장면도 남아 있지 않았다. 반대편 옆자리에 앉아 있는 재인의 존재가 불편한 가시처럼 따끔거릴 뿐이었다. 그동안 재인이 어떤 삶을 살았는지는 모른다. 말하지 않아도 알 수 있는 분명한 사실은 재인도 도원도, 더 이상 무대 위에 올라가는 사람들이 아니라는 점이다.

마음이 불꽃을 뿜어내는 시간은 지났다. 이제 그들은 무대 아래에 조용히 앉아 예의 바른 박수를 쳐주는 관객 중 하나일 뿐이다. 언뜻 재인이 입고 있는 어두운 보라색 원피스를 보자 도원은 그 옷의 빛이 죽음의 색깔에 가깝다고 느꼈다. 누군가의 죽음이 아닌 어떤 시절의 죽음. 그러고 보면 그들 사이엔 이미 십년 가까운 세월이 훌쩍 건너뛰어 있다.

관객들이 일상으로 돌아가기 위해 자리에서 일어서기 시작했다. 도원은 프로그램 북을 말아 팔에 끼고, 다른 팔을 뻗어 아무렇지 않게 재인의 어깨를 톡톡 쳤다. 두 시간 동안 계획했던 인사다. 재인이 돌아보며 부드럽게 미소 지었다. 그 순간 도원의 안에 있던 무엇인가가 무너져버렸다. 슬픈 환희 같은 것이 느껴졌다. 아주 오래전 무대에서 내려왔을 때 죽을 것 같았던 기분, 영원하지 못할 희열에 대한 예감. 그것이 무엇인지 도원은 어렴풋이 기억해내고 말았다.

10

도원 씨.

도원에 대해 생각하면 재인의 머릿속에는 늘 그의 이름이 떠
오른다. 생각으로 맴도는 게 아니라 분명한 발화로, 자기 자신
의 음성으로 도원을 부른다. 그러나 뒤를 잇기 어려운 말이다.
'도원 씨'라는 세 글자를 따르는 건 생각이나 느낌이 아닌, 몇
개의 장면이다. 그렇게 피하고 피하려다 결국 재인은 이끌리듯
그날에 다다르고 만다. 한낮이지만 무겁게 내려앉은 하늘. 어
둠을 뚫고 멀리서 들려오던 빗소리. 그리고 빗소리 사이로 짙은
숨소리에 섞인 비음이 귀를 간질인다.
낡은 소파에서 꼭 끌어안은 채 둘은 몇 시간 동안 키스만 했다.
우연이 불러일으킨 상황이었으나 아주 오래전부터 기회를 노리

고 있던 우연이었다. 올 것 같지 않았던 결말이 성큼 다가온 듯해 줄곧 얼얼했었다. 도원의 태도에서 재인은 그가 자신을 정말 소중히 다룬다는 걸 느꼈다. 그럼에도, 그 녹아버릴 것 같던 순간에도, 재인의 머릿속을 채운 건 도망치고 싶다는 생각뿐이었다. 이 시간이, 이 기습적인 우연의 시간이 길어질수록 다시 도원과 친구로 돌아갈 수 있는 가능성이 점점 줄어들고 있다. 이미 늦은 건가. 아니, 어쩌면 아직도 기회는 있다……

그렇게 속으로 갈팡질팡하는 동안에도 둘의 혀는 사정없이 엉키고 있었고 재인은 그 혼란한 숨결이 오가는 도중 혹여나 도원이 사랑한다는 말을 뱉지나 않을까 너무도 걱정됐다. 그런 말까지 들으면 정말 돌이킬 수 없을 것 같았기 때문에.

머리가 헝클어지고 단추가 몇 개 풀어지고 낮고 진한 숨소리와 짧은 신음이 새어나왔다. 도원은 열정적이었지만 조심스러웠다. 그는 재인의 망설임을 알고 있다는 듯 섣부르거나 성급하게 행동하지 않았다. 마치 고양이가 제 몸을 핥듯 재인의 목과 귀에 입을 맞췄다. 옷은 모두 입고 있었지만 서로의 민감한 부분은 이미 완전히 밀착되어 있었다. 깊고 오랜 포옹이었으나 살갗과 살갗이 직접 닿지 않은 채 시간은 차근히 흘렀다. 비는 여전히 내렸고 낮이 저녁이 되어갈 무렵, 포옹은 깊어지지 않고 풀려버렸다.

그러니까 단 한 차례의 키스였을 뿐이다.

재인은 겉보기엔 자유로운 영혼처럼 보였다. 그녀가 대단히 조심스럽고 의외로 이미 얽매인 관념에서 벗어나지 못하는 사람이라는 건 재인을 깊게 알고 나서야 알 수 있는 사실이었다. 쉽게 누군가를 사귀지 않았고 연애를 하게 되면 그 사실을 감추지는 않았지만 말을 극도로 아꼈기 때문에, 멤버들조차 재인의 사생활에 대해서는 속속들이 알지 못했다.

재인에게 음악은 우연히 들어선 길목에 놓인 운 좋은 탈출구 내지는 해방구였다. 막연히 음악을 좋아했지만 음악으로 인해 영혼이 차오를 수 있다는 경험은 경이에 가까웠다. 자신에게 스스로가 알지 못했던 낯선 목소리가 있다는 사실을 깨닫고 그 목소리와 음악에 호응해주는 사람들을 만나게 되면서, 재인은 세상과 천천히 화해해나가는 기분이었다. 설득도, 언어도, 해석도 불필요하다. 그런데도 타인들과 단 몇 초 만에 완전한 영혼의 교류를 할 수 있다. 음악은 정녕 태초의 마법이었다.

도원은 처음부터 서글서글하고 편안한 느낌으로 다가왔다. 남을 통해 듣는 얘기가 더 많았지만 어느새 둘은 만나면 반가워하는 편안한 친구가 되어 있었다.

도원에겐 연인이 있었다. 도원이 연인과 헤어질 때쯤엔 재인이 누군가를 만나기 시작했다. 재인이 연애를 종료할 무렵 도원은 다시 누군가와 연애를 시작했다. 이렇듯 아슬아슬하게 절묘한 핑퐁 같은 연애의 간격 속에 둘의 우정은 안전하게 지속됐다. 도원과 재인은 고작 한 살 차이였고 말은 편하게 했지만 호칭만은 끝까지 도원 씨, 재인 씨로 불렀다. 다른 멤버들이 직장 선후배 같다며 둘을 놀려대도 재인은 도원이 자신을 '재인 씨'라고 예의 바르게 불러주는 게 좋았다. 다감하고 성실한 말투, 인간과 세상에 대한 부드러운 신뢰를 가진 사람의 언어였다.

그러다 우연히 둘 다 연애 공백이 겹치는 시기가 왔는데 웬일인지 그 시간은 오래 지속되고 있었다. 그럼에도 둘의 우정은 선을 넘는 법이 없었다. 둘 다 끈적하거나 넉살이 좋은 타입과는 반대되는 성격이었고, 때에 따라서는 건조하게 보였기 때문에 주변 사람들도 굳이 둘을 엮으려 하지 않았다. 하지만 어느 날인가부터 재인은 쿠리젠젠코로의 공연 소식을 듣거나 도원이 불시에 나타나기라도 하면 묘한 긴장에 맥박이 빨라지는 걸 느끼고 있었다.

그러던 어느 날, 그 비 오던 낮에 둘은 합주실에서 맞닥뜨렸다. 여러 그룹의 멤버들이 레슨 아르바이트나 연습 장소로 쓰는 일종의 공동 합주실이었다. 추석 연휴 기간이었고 다들 본가로 내려가거나 여행을 떠나 있었다.

　노란 나뭇잎이 거리의 시작부터 끝까지 잔뜩 깔려 있던 그 아름답던 가을. 그해만큼 서울이 텅 비어 있다고 느낀 적은 없었다. 재인은 종일 카페에 앉아 있다가 혼자 합주실로 걸음을 옮겼다. 왠지 집으로 돌아가고 싶지 않았다. 합주실 안에서 도원이 책을 읽고 있었다. 둘은 같이 커피를 마셨다. 별것 아닌 대화가 천천히 오갔다. 왜 추석에 집에 가지 않느냐는 질문, 계절과 빠른 시간에 대한 얘기들, 그리고 음악에 대한 고민들…….

　"재인 씨랑 나, 언제까지 음악을 하고 있을까."

　예고도 없이 도원이 던진 말이 가슴을 쿡 찔렀다. 재인은 한동안 답하지 못했고 고개를 돌렸지만 어느새 눈물이 차오르고 있었다. 눈물이 뺨 위로 굴러떨어질 때에도 도원은 당황하지 않았다. 대신 이렇게 얘기했다.

　"슬프라고 한 얘기는 아니었어. 단지 궁금해서."

　재인이 웃었다. 우스운 말도 아니었는데, 그러고 보면 도원의 말에는 늘 웃게 됐던 게 생각났다.

　"있지, 도원 씨. 내 얘기 좀 들어볼래? 한 번도 해본 적 없는 얘긴데 무지 길고 재미없어." 재인이 충동적으로 입을 열었다. 그러곤 담담한 이야기가 쭉 펼쳐졌다. 엄마와 아버지와 동생과 집을 떠날 수 없는 자신에 대한 이야기. 누구에게도 한 적 없는 고백을 이토록 맨정신에 쏟아낼 수 있다는 게 이상했다. 갑자기 재인은 울 것 같은 기분이 됐는데 신기하게 눈물은 한 방울도 흘러나오지 않았다.

"나 참 이상하다. 방금 한 얘기가 훨씬 슬픈데 눈물은 엉뚱한 데서 미리 터뜨려버렸네."

재인이 웃었고 둘 사이에 침묵이 돋아났다. 마침내 도원이 입을 열었다.

"응원할게. 재인 씨가 멀리 날아가는 모습을 꼭 지켜보고 싶어."

우정을 재확인하는 건가 싶어 안도하는 순간 도원이 옆자리에 앉았다. 그가 재인의 손을 잡았고 맞잡은 두 손이 따뜻해질 때까지 두 사람은 움직이지 않았다. 손에서 얕은 물기가 배어나올 때쯤 둘은 마주 봤고 천천히 서로에게 다가갔다. 그렇게 단 한 번의 키스가 시작됐다.

둘 사이가 연애로 이어지지 않았던 건 재인은 너무 겁이 많았고 도원은 너무 예의를 차려서였다. 재인은 자신에 대해 필요 이상으로 많은 얘기를 털어놓은 걸 후회했다. 충동적인 신상고백으로 인해 벗겨진 외피 틈으로 상처를 드러냈다고 생각했다. 재인은 감정을 외면한 채 도원에게 거리를 뒀고 도원은 당황함을 감추고 재인의 선택을 존중했다. 둘 사이는 서먹서먹해져버렸다.

마침 멤버 간에도 균열이 일고 있었다. 재인의 밴드뿐 아니라 도원의 밴드도 마찬가지였다. 자본이 인디 신으로 몰려들던 때다. 가난을 개탄하면서도 자본으로부터의 자유를 자랑스러워하던 멤버들과 현실적인 노선을 취하려는 멤버들 간에 심리적인 충돌이 잦았다. 오디션 프로그램이 우후죽순 생겨나기 시작하면서 분열은 가속화됐다. 음악, 예술, 대중, 자본, 타협, 미래에 대한 가치관이 충돌했다. 연습 불참, 합이 어긋난 연주, 엉망진창의 무대가 이어졌다. 모든 밴드는 그런 식으로 와해된다. 그 지난한 시간을 겪고 난 후 음악은 재인에게 더 이상 환희가 아니었다. 그렇게 노래를, 음악의 세계를 떠났다.

그 뒤로 재인은 일본에 제빵 유학을 다녀왔고 결혼을 했다. 결혼식은 소수에게만 알렸는데 놀랍게도 결혼 전날, 도원에게서 메시지가 왔다. 축하하며 참석하지 못해 미안하다는, 행복하기를 바란다는 내용이었다.

재인은 마음을 들키지 않기 위해 오히려 즉시로, 다소 과장된 톤의 답을 보냈다. 궁금했지만 차마 도원의 생활을 묻지는 못했다. 음악을 그만둔 재인과 달리 도원은 아직도 뮤지션이었다. 그 이유만으로도 재인은 도원의 일상을 확인할 용기가 없었다.

연극이 끝나기 직전, 재인은 다시 한번 도원의 행복을 바랐다. 조금 전까지 자신이 속으로 여자 주인공이라고 칭하던 호계의 친구가 도원의 짝이었다니…… 잘됐으면 좋겠다. 자꾸 되뇌면서도 헛헛한 기분이 들었다. 완전한 진심은 아닌 것 같다는 생각 때문에, 혹은 스스로를 기만하려는 마음이 아닐까 하는 의심 때문에.

재인은 연극이 끝난 후 얼른 자리를 떴고 애를 써서 며칠에 걸쳐 마음을 싹 비웠다. 그랬기 때문에 도원이 얼마 후 직접 베이커리로 찾아왔을 때 당황하지 않을 수 없었다. 마침 가게가 닫을 시간이라 둘은 근처의 펍으로 향했다. 안주가 나오기 전 도원이 조금 전 가게에 들렀을 때 산 재인의 빵을 먹으며 말했다.

"맛있네. 그리고 의외야. 재인 씨가 이런 거 할 줄은 몰랐거든."

"그러게…… 나도." 재인이 웃었다.

도원은 녹음실에서 일한다고 했다. 알고 보니 가까운 곳이라 더 놀라웠지만 녹음실이나 편집실이 주변에 원체 흔했을 뿐만 아니라 효고동 거리는 그 어떤 직종도 포용하는 거대한 상권이라, 따지고 보면 그렇게까지 신기한 일도 아니었다. 도원이 근처에서 일한다는 사실만큼이나 의외였던 건 그가 음악을 그만뒀다는 점이었다. 뮤지션으로서 도원의 얘기가 더 이상 들리지 않았기 때문에 예상했던 일이긴 하지만 그래도.

"도원 씨는 끝까지 뮤지션일 것 같았거든."

재인이 생각에 잠겨 말했다. 짧은 말의 끝에는 옅은 슬픔이 배어 있었다.

"끝까지 뮤지션? 그런 게 가능할까."

도원이 의문했다. 그 말과 동시에 둘은 가볍게 웃었는데 어쩐지 다 웃고 나자 쓸쓸함만 남는 종류의 웃음이었다. 하지만 술이 들어가자 둘 다 얼마간 발랄해졌고 그러자 과거와 닮은 모습들을 서로에게서 발견하기 시작했다. 홍대의 지하 바 냉장고에서 직접 꺼내 마시던 수많은 병맥주들과 재미난 에피소드로 가득했던 작은 공연들이 떠올랐다.

"술을 마시면 내가 나이 먹으면서 조금씩 잃어갔던 기운을 되찾는 거 같아. 어딘가에 피처럼 흘려버린 활기를 다시 마시는 거지."

재인이 살짝 카랑카랑해진 목소리로 말했다.

"결혼했다는 소식 들었을 때 놀랐었는데."

지금은 남편과 함께 살지 않는다는 얘기를 들려주자 도원이 조용히 말했다. 재인은 어깨를 으쓱했다.

"나는 그때 도망쳐야 했어."

그녀가 속삭였다.

"최대한 빨리, 모든 것으로부터 전력질주하듯이."

108

타다다. 테이블 위로 재인의 손가락들이 달려나갔다. 그러다 갑자기 손이 멈췄다. 도원이 재인의 손을 잡고 있었다. 가만히, 그러나 느슨하지 않게.

"나한테서도?"

취기 탓인지 도원의 얼굴이 붉었다. 재인이 알던 도원의 평소 말투가 아니었다. 그렇지만 이것이 용기라는 게 느껴졌다. 순간의 용기가 아니라, 시간을 들인 용기.

"도원 씨한테는……."

재인이 말끝을 흐렸다. 그녀는 손을 살짝 뒤로 빼다가 이내 멈췄다. 그러곤 그의 마음을 희석시키려는 듯 동지처럼, 두 손으로 도원의 손을 꽉 그러잡았다. 그러자 은근하게 두근대던 가슴도 조금은 진정되는 듯했다.

"도원 씨는 특별했어. 믿음이 있었다고나 할까. 그래서 내가 도망치는 거라고 생각 안 했지. 오히려 안전한 우정을 확보했다고 여겼으니까."

"그래도 빵을 만들 거라곤 누구도 예상하지 못했을 것 같아."

"그런 얘기 많이 들어. 근데 있지, 가끔은 내가 비겁하게 느껴지기도 해. 음악 했던 친구들, 다들 어려웠잖아. 난 겁이 많아서 얼른 도망 나온 거거든. 먹고는 살아야 된다는 일념 하나로. 그래서 이렇게 멀쩡하게 살고 있는 게 가끔씩 죄스러워. 그 친구들에게, 또 그 시절에."

도원이 재인을 길게 바라봤다. 재인은 그 시선을 견디기가 힘들었다. 따뜻해진 뺨이 따끔거렸다. 잡은 손끝을 매만지는 도원의 손가락이 느껴졌다. 재인이 손을 꼬물거리자 도원이 손가락 사이를 쓰다듬었다. 시작하는 연인의 비밀스런 애무처럼.

다행히 도원은 말투를 바꿨다.

"그래서 반가웠음?"

"무지 반가움!"

재인이 큰 소리로 말하며 휙 빼낸 양손으로 테이블을 가볍게 내리쳤다.

"이번에도 도망갈 거야?"

도원이 고개를 살짝 꺾은 채 재인의 잔을 채워주며 물었다. 무슨 뜻을 숨겨둔 말일까. 재인은 알 수 없었지만 묻지 않고 대답하기로 했다.

"응. 또다시 전력질주하겠지? 하지만 전처럼 빠르진 못할 거야. 내 피는 이제 뜨겁지 않으니까."

재인이 씩 웃었다.

"피를 위하여."

도원이 잔 대신 주먹을 내밀었다.

"그래. 피를 위하여."

재인이 주먹 대신 차가운 잔을 도원의 주먹에 부딪히며 답했
다. 나직하지만 힘 있는 목소리로.

11

 예진에겐 불쾌한 취미가 생겼다. 그녀는 빵집 검색을 통해 알게 된 재인의 SNS를 염탐한다. 포스팅된 거라곤 베이커리의 메뉴 소개와 계절의 향기가 느껴지는 꽃, 혹은 정다운 이웃인 길고양이의 사진뿐이지만 혹여나 어떤 불길한 낌새라도 나타나지 않을지 걱정하며 예진은 시시때때로 재인의 인스타그램에 접속한다. 호계를 만나러 간다는 핑계로 매장에 가서 빵을 먹은 적도 있다. 극장에서 만나 구면이라고 생각하는 건지, 아무런 적의 없는 선량하고 깨끗한 인사를 건넨 여자 앞에서 예진은 무안해진 시선을 떨구는 수밖에 없었다.
 빵은 기분 나쁠 만큼 맛있었다. 적당한 산미의 아메리카노는 단맛을 중재하는 동시에 입에 침을 잔뜩 고이게 했다. 예진이 고른 건 레몬초코 소라빵이었는데 따뜻하게 비어져나오는 초코 크림에 레몬의 상큼함이 더해져 예진은 접시에 묻은 크림까지 포크로 싹싹 긁어 먹어버리고 말았다. 어떤 의미로는 적에게 홀랑 반해버린 것이다. 멀리서 그 모습을 흐뭇하게 바라보고 있는 적의 시선을 느낀 뒤에야 예진은 뒤늦게 부르르 떨며 전의를 되찾았다.

어긋난 짝사랑 덕분에 예진은 엉뚱하게 호계와 친해졌다. '마음장'을 찾아준 인연으로 친구가 된 호계는 예진이 여태껏 만나보지 못한 독특한 캐릭터다. 호계가 두 살 아래지만 오픈 채팅 덕분에 처음부터 말을 놓아선지 연하의 느낌은 없다. 불편했던 첫인상을 떠올리면 지금도 이렇게 가까워진 게 신기하다. 툭툭 뱉는 호계의 말들은 언뜻 신랄한 듯해도 예진과 세계관이 일치하고, 무엇보다 그 태도가 가식 없이 쿨하다. 이상한 점은 무척이나 편안하다는 거다. 그래서인지—아니면 굳이 확인하진 않았지만 어쩌면 호계가 읽었을지도 모르는 마음장 속 이야기들 때문인지—예진은 애초에 짝사랑 중이라는 사실을 편하게 밝혔고 그 뒤로 자연스럽게 이런저런 얘기를 털어놓게 됐다. 일터도 가깝고 집도 멀지 않은데다 무엇보다 호계라는 캐릭터는 절대 호락호락한 사람이 아니므로, 이런 얘기를 늘어놓는다고 해서 자신이 호계를 이용하고 있다거나 하는 가능성도 일절 없다. 한마디로 불운 끝에 만난 행운의 친구인 것이다. 그럼에도 불구하고, 할 수만 있다면 예진은 호계에게 연극을 보러 가자고 했던 날로 시간을 되돌리고 싶다. 도원이 표가 남는다며 친구를 데리고 와도 좋다고 한 게 문제였다. 그때 그냥 둘이 봐도 좋다고 할 것을. 그날을 기점으로 모든 게 달라져버렸다.

연극을 보는 내내 예진은 조금 전 자신의 어깨 위에 얹혔던 도원의 묵직한 손을 떠올렸다. 상연 직전 어둠 속에 자리를 찾아 헤맬 때 방향을 잡아주던 손길에는 분명 진한 의미가 담겨 있었다. 도원의 숨소리는 평온했지만 예진은 온몸이 곤두섰다. 인파에 섞여 있다는 핑계로 두 몸이 밀착해도 피하지 않던 그였다. 전날 만났을 때 둘 사이엔 묘한 기운이 흘렀었다. 말에 뜸을 들이는 도원에게서 예진은 그가 자신과 빨리 헤어지고 싶어 하지 않는다는 걸 확신했다. 그러니까 이건 시간문제였다.

그런데 연극을 보고 난 뒤, 뭔가가 완전히 바뀌었다. 예진은 그 미묘한 기류의 변화가 호계가 데리고 온 사람 때문임을 직감적으로 눈치챘다.

예진은 평소에 눈치가 빠른 편은 아니다. 그래도 자기가 좋아하는 사람의 마음에 대해서만큼은 아주 작은 차이도 분명하게 진단한다. 공연이 끝난 후, 밥을 먹고 차를 마시는 도중에도 도원의 마음은 전혀 다른 곳에 가 있었다. 이를테면 스스로의 깊은 내면에. 한 공간 안에 있을 뿐, 예진은 철저히 소외됐고 더 이상의 진전은 없었다. 공들여 가까워진 관계가 다시 예의를 차리는 사이로 급히 후퇴해버린 거다. 처음부터 아무 일도 없었다는 듯이.

"혹시 알고 있나? 그 남자, 가게로 찾아온 거."

며칠 후 호계가 아무렇지 않게 말했을 때 예진은 거의 김빠진 상태로 포기해버리고 말았다. 그럼에도 그만둘 수는 없어서 물어보기는 했다. 지금 당장은 도원보다 재인이라는 사람이 더 궁금했으므로.

"어떤 사람이야?"

"누구?"

"너희 사장."

뻔히 알면서도 다시 말하게 하는 호계조차 얄미웠다. 호계는 픽 웃더니 간단한 답을 내놓았다.

"좋은 사람."

"어떤 점에서?"

예진은 도전하듯 묻는 스스로가 마음에 들지 않았으나 때로는 자존심을 이기는 호기심이 발동하는 법이다.

"약속 잘 지키고, 페이 후하게 쳐주고 쓸데없이 고생 안 시키지."

"그게 다야?"

"굳이 말하자면…… ."

호계는 잠시 사이를 두며 예진을 슬쩍 바라봤다. 예진은 호계가 그 시선을 얼른 거뒀으면 좋겠다고 생각하면서도 먼저 눈길을 피하지는 않은 채 부러 눈을 부릅떴다.

"인간적인 매력도 있어. 뭐랄까. 크게 노력하지 않으면서도 사람 당기는 힘."

예진의 말문이 막혔고 호계는 그 틈을 놓치지 않았다.

"너 좀 화난 것 같다?"

예진은 아니라고 변명했지만 자기가 생각해도 골난 티가 너무 났다. 여자는 상당한 미인이었다. 나이는 예진이 훨씬 어렸으나 '그 여자'에게는 뭔가 대적하기 힘든 어떤 것이 있었다. 그녀를 향한 본능적인 적대감이 유치해서 견딜 수가 없었다.

"그래, 바보 같다고 생각하는 거 다 알아."

자포자기한 채 고개를 떨구자 호계는 의외로 고개를 저었다.

"아니고, 신기해서 그래."

"뭐가?"

"누군가를 그렇게 좋아한다는 거. 그렇게 티 내고 표현할 수 있다는 게."

116

"다 비슷한 거 아닌가?" 별뜻 없이 말한 예진이었다. 그러나 무표정하게 창틀의 먼지를 손가락으로 훑는 호계를 보고 있자 니 지금 이 순간만큼은 전혀 이해받지 못하고 있다는 게 확실해 보였다. 갑자기 마음이 무겁게 가라앉았고 날로 서늘해져가는 바람이 흥흥 몸속에 스며들었다. 아무리 연적을 관찰해도 분석 이 되지 않는다는 것만 자명해져가고 있었다. 나는 왜 늘 실패 하는 걸까. 예진은 깊게 탄식하는 수밖에 없었다.

사실 두 계절 전, 그러니까 봄의 시작 무렵 예진은 사랑에 실 패했다. 드라마틱한 인연으로 만난 연인이었지만 그들에게 주 어진 시간은 딱 2년이었다. 쓰라리고 아팠다. 또 몇 년 전이던 가, 지금처럼 가을이던 그때도 헤어짐을 경험했었다.

잊으려 해도 아프게 상기되고 만다는 점에서 실연이란 목 안 의 염증처럼 고통스럽다. 사랑이 끝나고 나면 예진은 늘 처음으 로 돌아가 기억을 곱씹곤 했다. 돌이켜보면 아무것도 아닌 비밀 스런 우연을 운명이라 느꼈던 시작점, 수줍은 마음이 불타오르 던 순간들, 차츰 무언가가 변해가고 마침내 사소한 일마다 성내 는 상대방을 보는 어떤 날, 퇴색해버린 마음을 질책하고 추궁하 고 끝내 낯모르는 행인들 앞에서 눈물을 보이고야 마는 때, 그 리고 지쳐버린 어느 날의 예감했던 이별. 사랑의 끝은 한결같다. 아니 천편일률적으로 괴롭고 찜찜하다. 완전히 악질적이다.

예진의 인간적인 약점은 바로 이 지점에 있다. 그녀는 사랑에 실패하고 난 뒤를 잘 견디지 못한다. 괴롭고 슬프고 죽을 것 같은 마음을 안고 진 빠지는 나날을 보내다 보면 탈탈 털린 영혼은 메마른 사막처럼 피폐하게 조각난다. 일상 생활은 물론 바이오리듬까지 엉망진창이 되는 거다. 그래서일까. 그러니까, 다시 살아가기 위해서인 걸까. 얼마간 그 상태로 지내다 보면 예진은 누군가를 발견하고 만다. 또다시 사랑에 빠질 누군가를.

일부러 찾아 헤맸던 적은 없다. 단지 그런 사람이 꼭 나타났던 것뿐이다. 그렇게 예진은 새로운 등장인물에게 차근차근 빠져든다. 그리고 누군가를 향해 상상과 열망이 더해진 작은 불씨가 다시 타오르기 시작하면 상처는 서서히 치유가 된다. 그 마음은 확실히 무언가를 막아준다. 그게 무엇일까.

"예진 씨는 심심한 것과 외로운 것을 잘 구분하지 못하는 것 같아."

언젠가, 누구에게서였는지도 잘 기억나지 않지만 그런 말을 들은 적이 있다. 지나가는 농담처럼 악의 없는 말이었다. 그러나 지금까지도 간혹 의문이다. 심심함과 외로움의 차이란 뭘까. 가벼움과 무거움의 차이인가. 짧고 깊의 차이인가. 깊고 얇음의 차이인가. 그렇다면 역시 나는 깊이가 없는 사람인 걸까. 아니면 쉽게 마음을 작동시켜버리는 가벼운 사람인가. 그렇지만 결코 심심해서 누군가를 좋아하는 건 아니다. 분명히, 정말로, 확실히 그렇다. 예진은 다짐하듯 생각해보지만 그럼에도 마음은 전혀 개운치 않다.

안 좋은 일은 한꺼번에 밀려오는 건지 요즘 회사 사정도 나빠졌다. 매출이 급감했고 직원들 사이엔 흉흉한 소문이 떠돌았다. 작은 회사라 설립부터 경영까지 채무로 버티고 있었다는 뒷말이 입에서 입으로 퍼졌다.

최근 몇몇 아동완구에서 기준치를 초과하는 독성물질이 검출됐다는 뉴스가 보도됐다. 정확한 제조사명은 나오지 않았지만 이니셜을 써가며 넘겨짚는 몇몇 소비자들의 추측에 대응하느라 예진을 포함한 직원들은 눈코 뜰 새 없이 바빠졌다. 깨어지고 배반당한 동심에 관한 얘기들이 전화와 인터넷을 통해 험악하게 오갔다. 예진은 성실히 대응하려 했지만 그러면 그럴수록 자신이 하는 일에서 의미를 찾기 어려워졌다.

도원과는 여전히 연락을 주고받았지만 분명한 선이 그어졌다는 생각을 지우기 힘들었다. 더 이상 넘기 힘든 선. 그 선은 도원 쪽에서 일방적으로 그은 것만은 아니었다. 재인이라는 예상치 못한 등장인물로 촉발된 것이긴 했지만 그와의 평행선에는 다른 것들이 관여했다. 말하자면 도원을 향한 마음조차 실은 나태한 습관에서 비롯된 것일지도 모른다는 뼈아픈 의심 같은 것들. 예진은 스스로도 헷갈렸다. 정말 '그 사람'을 좋아한 걸까. 사실은 이별과 상실을 잊고 그저 '새로운 설렘'이라는 감정에 빠져 있는 게 즐거웠던 건 아닐까.

영원할 것 같던 여름은 어느새 스르륵 밀려나버렸고 날마다 성큼성큼 가을이 짙어지고 있었다. 예진은 변하는 계절이 두려웠다. 가을은 늘 아무것도 이루지 못한 한 해가 끝나가고 있음을 자각시켰고 예진이 외면하던 불안을 일깨웠다. 짧은 계절에 비해 고통의 체감 시간은 늘 길었다. 예진은 이 뜻 모를 부당함에 대항하고 싶었지만 저물어가는 햇살만큼이나 빠르게, 자신에게서 빛이 거두어져가고 있다는 걸 뼈저리게 느끼고 있었다.

12

호계가 예진에게 말하지 않은 사실이 있다. 말할까 하다 예진의 표정을 보니 도저히 안 되겠다 싶어 담아뒀던 말이다. 베이커리로 찾아온 남자와 재인이 보인 기류는 몹시 독특해서 아주 둔하지 않은 이상 눈치채지 않을 수 없었다. 저녁 무렵이었고 가게 안은 텅 비어 있었다. 딸랑— 문에 달아둔 오픈벨이 유독 높고 크게 울렸다. 손님이 왔음을 알리는 것보다 더 중요하고 분명한 소리였다. 호계는 반사적으로 재인을 향해 고개를 돌렸고 그녀의 시선이 깨질 듯 흔들리는 걸 봤다. 남자는 빵을 고르는 척—이라고 호계는 판단했다—하면서 작은 가게 안을 서성였는데 호계는 공간 안을 꽉 채운 팽팽한 공기가 불편할 뿐이었다. 보지 않아도 보이고 모른 척해도 알게 되는 그런 것. 그걸 제3자인 자신이 느끼고 있자니 한편으론 우습기도 하고 한편으론 흥미진진하기도 했다.

남자는 갓 구운 깜빠뉴와 바게트, 딸기가 얹어진 초콜릿무스 케이크와 여러 종류의 식빵을 골라 카운터로 다가왔다. 계산은 호계가 했는데, 한눈에도 남자가 그것들을 다 먹을 거라는 생각은 전혀 들지 않았다. 여기서 빵이라는 건 말하자면 남자의 시선이 재인에게로 향해 있기 위한 시간을 벌어주는 소품에 지나지 않았다. 계산을 마친 호계는 알바 시간이 10분 남짓 남아 있었음에도 문을 나섰다.

밖으로 나온 호계는 크게 숨을 내쉬었다. 숨 막히던 공기에서 해방되자 비로소 갑갑함이 풀렸다. 살짝 뒤를 돌아보자 남자와 재인이 서로를 마주한 채 각자 다른 곳에 시선을 두고 있는 모습이 보였다. 호계는 더 이상 궁금해할 필요가 없을 거라는 판단을 뒤로하고 걸음을 옮겼다.

"어떻게 알게 된 사람이에요?"

다음날 호계가 툭 던졌을 때 재인은 깜짝 놀란 듯 눈을 크게 떴다. 원래도 호계는 예고 없이 질문을 던지곤 했는데 재인이 이처럼 긴장하며 받아들이는 건 처음이었다.

"예전에 알던 사람."

그렇게 말하는 재인의 얼굴은 벌써 평정을 되찾고 있었다. 호계는 그와 같은 재인의 침착함을 좋아했다.

"친구?"

"친구이기도 했고."

"전 애인?"

재인이 결국 너털웃음을 터뜨렸다.

"호계 씨는 정말 직진하면서 묻는구나."

"그래서 대답할 거예요? 모처럼 진짜 궁금해서 묻는 거라."

호계가 말했다. 그는 오븐에 들어가기 직전 트레이에 놓인 빵들을 바라보고 있었다. 부풀기 전의 빵들은 작고 보잘것없고 창백하다. 재인은 트레이를 오븐에 끝까지 밀어넣더니 호계를 향해 몸을 돌렸다.

"질문이 뭐였지?"

"좋아하던 사람이었냐고요."

호계는 질문을 살짝 바꿔 다시 물었다.

"음. 뭐라고 해야 할까. 분명한 건, 어떤 감정이 오가긴 했다는 것?"

더 많은 것이 오간 게 틀림없었지만 재인은 그 말로 충분하다고 여기는 듯했다.

"다시 보니까 어때요?"

운을 떼자 호계는 자신이 왜 이렇게 집요하게 묻고 있는지 의아해졌다. 머릿속에 예진의 얼굴이 스쳤다. 연극을 보기 전 얼굴을 붉히던 예진, 그리고 연극이 끝난 후 또다시 얼굴을 붉혔던 예진. 두 얼굴 모두 티가 날 만큼 빨갰지만 그 안에 담긴 감정은 정반대에 가까웠다. 그러니까 지금 나는 예진을 대신해서 묻고 있는 건가. 호계가 자문하는 동안 재인이 숨을 골랐다.

"혹시 내가 친구의 감정에 누를 끼칠까봐 그래? 나도 그런 사람이 될 의도는 없어. 어쨌든 이런 생각들을 호계 씨한테 일일이 말할 필요는 없을 것 같네."

상냥하게 시작한 재인의 말은 단호하게 끝났다. 이런, 너무 무례했나. 호계는 짧게 미안하다고 사과했고 더 이상의 말은 오가지 않았다. 취조하듯 캐물으려던 의도는 없었다. 사람과 사람이, 누군가와 누군가가 만났을 때 생기는 공기의 진동이 궁금했을 뿐이다. 호계는 그런 감정을 읽는 데엔 능숙했지만 경험한 적은 많지 않았다. 그러나 어느 때인가부터 귀찮은 고민이 호계를 맴돌고 있다. 예진을 알게 되고부터, 예진이라는 사람을 꽉 채운 건 온통 타인을 향한 감정이라는 걸 확인하고 난 요즈음 들기 시작한 의문이었다.

나만 빼고 다 사랑인가.

스스로가 사랑과는 어울리지 않는 사람이라고 여기며 살아왔

124

다. 사랑이란 건 줏대도 없이 좇는 유행이라고 생각했었고 모두들 그 흔해 빠진 유행에 휩쓸려 살아간다는 사실이 믿을 수 없을 만큼 지루하게만 느껴졌다. 실은 그렇게 생각해야 버틸 수 있었다. 그래야 자신이 이런 방식으로 살아가는 것이 정당해질 수 있었기 때문에.

그런데 예진을 떠올리면 뭐랄까, 마음이 부산스러워진다. 처음엔 자신과 너무 다른 유형의 인간이라 예진이 이상하게 느껴졌다. 그 티 없는 밝음과 표현에 있어 거리낌이 없다는 점, 무턱대고 바깥을 지향하는 무모함이 낯설기만 했다. 그럼에도 예진은 선을 지키며 따뜻하고 다정하다. 그녀와 함께라면 주변이 온통 환해진다. 사실 예진의 특별한 점이 어느 부분인지를 정의 내리라면 호계는 답하기가 곤란했다. 맑고 거침없이 통통 튄다는 점을 포함해 예진은 그 나이대에서 흔하게 볼 수 있는 여자일 뿐인지도 몰랐다. 그런데도 호계는 예진에게 끌린다. 그 평범한 요소들이 그녀 안에서 뭉쳐져 설명할 길 없는 특별함을 만들어내니까.

호계가 조금만 더 언변이 뛰어났다면 예진에게 붙일 만한 수식어가 '사랑스러움'이라는 걸 알아챘을 것이다. 하지만 애석하게도 그는 '재미있는 친구' 이상으로 예진을 분석할 언어를 알지 못했다.

아직까지는 낯선 신기함, 용기를 낸다면 '예진을 알게 돼서 나쁘지 않다'라고 말할 수 있을 정도의 마음이다. 문제는 그 마음이 조금씩 커지고 있는 것 같다는 점이다. 결국 이렇게 마음이 부풀어가는 게 사랑이라는 하찮은 단어로 수렴되는 건 아닐까.

아, 설마. 아닐 거다. 거추장스럽고 반갑지 않다. 호계는 마음을 다잡으며 잡념을 몰아내듯 쿵, 하고 거친 콧바람을 내쉬었다.

사실 호계에겐 누구에게도 털어놓지 못할 비밀이 있다. 스스로도 믿기지 않아서 입 밖으로는 영원히 내지 않기로 굳게 결심했다. 이따금씩 거리를 지나다닐 때, 그저 보통의 풍경 속에서 호계는 문득 사람들이 모두 죽어 나동그라지는 상상을 한다. 그런 상상을 한 지는 꽤 오래됐다. 짜증나거나 증오로 가득 찼을 때 그 그림이 떠오르는 것도 아니다. 말 그대로 불시에 떠올랐다가 사라지는 장면이다. 호계는 자신 안에 왜 그런 차가운 증오가 있는지 잘 이해할 수가 없다.

한번은 상상이 어디까지 뻗어나가는지 실험해본 적이 있다. 막 제대를 하고 대형 스파 브랜드에서 아르바이트를 하던 때다. 그날은 비번이었고 호계는 종일 작은 집에서 뒹굴거리다 몸을 일으켜 백팩을 메고 신발을 꿰어 신었다. 목적지 같은 건 없었다. 집을 나서기 직전 호계의 눈에 열려 있는 신발장 서랍 안에 놓인 망치가 보였다. 웬일인지 호계는 망치를 아주 오랫동안 바라봤다. 그걸 집어들어 가방 안에 넣을지 말지를 한참 고민하다가 그는 일단 그냥 나왔다. 그러곤 하루 종일 거리를 쏘다녔다. 편의점 김밥과 라면으로 허기를 채우고 무작정 걷다가, 지치면 벤치에 앉아서 잠깐 쉬었다.

저녁 무렵 호계는 마침 길 건너편에 보이는 멀티플렉스 안으로 들어갔다. 상영관은 아홉 개나 됐지만 직원은 거의 눈에 띄지 않았다. 어딘가에서 CCTV가 돌아가고 있었겠지만 그걸 실시간으로 지켜보고 감시할 사람도 없을 것 같았다. 호계는 태연히 상영관으로 들어가 맨 뒷좌석 뒤에 섰다. 오래된 멜로영화가 재개봉 중이었다. 주인공 남녀가 서로에게 천천히 빠져들고 이런저런 유머를 담당하는 조연들이 감초 역할을 하며 주인공들을 도와주고 위기를 거쳐 두 사람이 사랑을 재확인하게 되는, 뻔한 내용의 영화였다.

드문드문 앉은 관객들은 대부분 연인으로 보였다. 한 방향으로 일제히 향해 있는 사람들의 머리를 보자 호계는 머리를 꽉 채운 가상의 망치를 떠올렸다. 백팩 안에는 아무것도 들어 있지 않았지만 왠지 호계는 백팩이 정확히 망치의 무게만큼 무겁다고 느꼈다. 그 망치를 꺼내 누군가의 머리를 내리치고 싶다는 기분이 들었다. 만약 그런다면 저들의 방향이, 저 무조건적인 일방향성이, 의심 없이 앞만 바라보고 있는 순응의 시선이 깨지지 않을까. 다들 돌아보고 비명을 지르고 뛰쳐나가지 않을까. 그런 생각을 하며 호계는 오래도록 서 있었다. 머릿속에서 장면이 구체화되고 사람들이 울부짖었다. 피가 튀고 당황한 목소리들이 공기를 찢었다. 호계의 몸에 천천히 소름이 돋았다. 그는 토할 것 같은 기분으로 극장 밖으로 쏟아져나왔다.

그날부로 호계는 스스로에 대한 정을 뗐다. 더는 자기 자신을 아끼고 보호하고 싶지 않았다. 나아가 타인을 진심으로, 순수하게 사랑할 수 있을 거라는 마음 또한 버렸다. 겨우 세 발자국 전이었다. 자신이 상상한 것으로부터 딱 세 발자국 전. 가방에 망치를 넣었다면 두 발자국 전. 가방에서 망치를 꺼냈다면 한 발자국 전. 그리고 생각대로 휘둘렀다면 더 이상 남은 발자국은 없는 거다. 모든 게 끝나버렸을 테니까.

그 세 발자국은 클까, 작을까, 아무나 할 수 있는 생각일까. 그래, 단지 생각뿐이었다. 상상 속에서는 뭔들 하는 게 사람이다. 그게 유일하고 강력한 면죄부였다. 하지만 그래도 역시. 나는 위험한 사람인 게 아닐까. 위험하고 자격 없는 사람. 사랑이라는 단어와 어울릴 수 없는 사람.

그런 생각을 몇 년간 흔들림 없이 품고 살아온 호계였다. 그렇지만 예진과 교류를 지속하면서 또 재인과 간간이 나누는 대화의 끝에서 조금씩 궁금해졌다. 영원히 지금처럼 누구도 사랑하지 않고 살 수 있을까. 그럴 수 있다. 나라면 그럴 수 있다. 호계는 얼른 결론 내리고 싶었지만 여전히 '그것이 좋은 걸까'라는 질문에 대해서는 답하기가 힘들었다.

질문의 방향이 자신에게 향하면 고통이 수반된다. 그런 경우 과거의 호계는 딱 거기서 생각을 멈추곤 했다. 그러나 이번에는 그렇지 않았다. 왠지 집요하게 매달려보고 싶은 기분이 들었다. 놀랍게도 그 질문 안에는 예진이 있었다. 오래 들여다봐야 존재를 눈치챌 수 있는 그림 속 작은 등장인물처럼.

"호계 씨는 누구 좋아한 적 없어? 깊이, 오랫동안 말야."

재인이 던진 가벼운 물음에 호계는 대답할 수 없었다. 타격감이 느껴지는 질문이라 행동을 멈췄을 뿐이다.

"누군가를 좋아할 기회가 온다면, 피하지 말아봐. 내가 하기엔 우스운 말이겠지만, 가치 있는 일이야."

재인이 편안한 미소를 지으며 마무리했다. 그녀의 말과는 반대로 다른 사람이 한 말이었다면 속으로 비웃었을지 모른다. 하지만 재인에게서 나온 말이었기에 호계에겐 그 말이 무게를 가지고 안착했다. 재인이 자신을 소중히 여긴다는 것은 알고 있다. 점주와 알바생의 선을 정확히 지키고 있지만, 그래도 자신을 대하는 속 깊은 마음은 분명히 느껴진다. 고맙고 소중한 사람이다.

한동안의 고민 끝에 호계는 자신의 감정이 사랑과는 거리가 멀다고 진단했다. 좋아하는 단계에도 아직 충실하게 미치진 못한다. 예진은 그저 무언가를 생각하게 만든 사람일 뿐이다. 그러나 예진과의 만남이라든지 연락이 어느 날 중단된다면? 그래도 전혀 상관없을까. 그렇게 가정하자 아주 미세한 감정의 흔들림이 느껴졌다. 예진을 생각하면 어색한 오프모임, 자신의 옆에 털썩 앉았다가 부르르 정색하고 일어나던 모습이 떠올랐다. 또 지하철 안에서 먼 곳을 바라보며 내쉬던 작은 한숨, 그늘졌던 작은 얼굴이.

어지러운 홍대의 인파 속에서 그녀를 만난 날 올려다본 하늘의 풍경은 필요 이상으로 웅장하고 드라마틱했었다. 실은 흔하디흔한 하늘이었을 뿐인데 기억이 무언가를 더해 이렇듯 거창한 이미지로 포장해버린 걸까. 아니면 그 하늘이 이미 무언가를 상징하는 것이었을까…….

거기까지 생각이 미치는 순간, 감당할 수 없는 비밀을 간직한 것처럼 버거운 느낌이 확 몰려왔다. 그렇지만 쉽사리 밖으로 흘러나갈 비밀은 아니었다. 호계의 마음속 빗장은 튼튼하고 견고했으며 그는 자신에게 갑자기 찾아든 이 낯선 감정을 표현하거나 누설하지 않을 자신이 있었다.

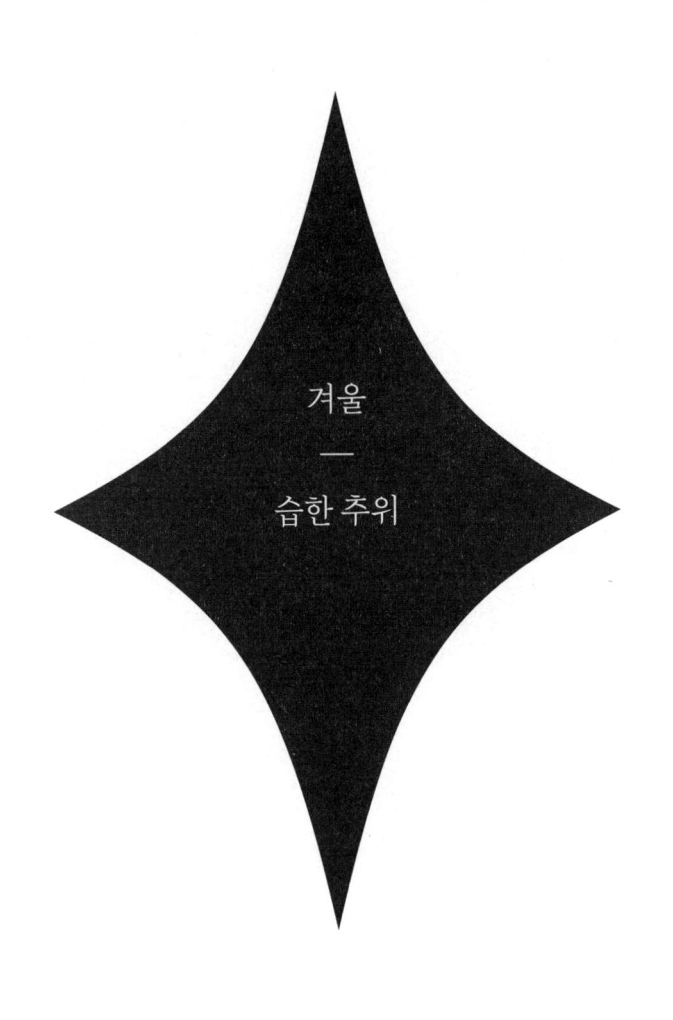

겨울

—

습한 추위

13

　오늘은 재인이 도원의 집에 세 번째로 놀러오는 날이다. 도원은 모처럼 만의 휴일에 아침부터 분주하게 요리를 했다. 음식이 식기 전 재인이 도착할 것이다. 그녀는 약속시간에 늦는 법이 없으니까. 한 번 끊어진 적이 있는 관계여서인가, 놓치거나 실수하기 싫었다. 도원은 그답지 않게 직진했고 재인은 잠시 망설였지만 피하지 않았다. 베이커리를 찾아가고 펍에서 우정처럼 건배를 나눈 뒤 두 사람은 몇 차례 더 조심스러운 만남을 가졌다. 그리고 어느샌가 연인이 되어 있다. 아주 오래전부터 예정돼 있던, 조심스럽고 뜨거운 연애다.

　초인종 소리에 문을 열자 연보라색 꽃이 불쑥 고개를 들이밀었다. 한 송이의 커다란 백합이다. 도원은 연인에게 꽃을 선물한 적은 있다. 하지만 연인에게서 꽃을 받아본 건 처음인 것 같다. 그러고 보면 재인은 늘 보랏빛을 연상시켰다. 그 예전, 무대 위에서 반짝이던 보라색 드레스, 극장에서 재회했을 때 빛을 빨아들이듯 어두웠던 흑자색 원피스를 거쳐 오늘은 연한 보랏빛 백합이다. 창백한 꽃잎의 한중간을 발랄한 노랑이 장식하고 있다. 그 밝고 환한 색이 둘의 관계를 상징하면 좋겠다고 도원은 생각한다.

"한 송이라도 괜찮지? 조금 쓸쓸해 보이진 않을까 살짝 고민했거든."

재인이 말하더니 곧바로 덧붙였다.

"실은 그래서 사긴 했지만."

"왜?"

도원이 재인의 코트를 받아주며 물었다.

"나는 그런 데에 끌리나봐. 말하자면 홀수 같은 것에."

재인이 싱긋 웃었고 도원은 그녀에게 다가갔다. 왠지 모를 안타까움이 차올랐다. 재인의 마음이 굳이 고독해 보이는 것들로 쏠리지 않기를 바랐다. 그러지 않도록 무언가라도 도울 수 있다면……. 도원이 애정을 담아 재인을 안고 천천히 입을 맞췄다. 그러지 않아도 돼, 하는 뜻이다. 느린 몸짓은 오랜 시간에 걸쳐 밀도가 높아져갔다. 그렇게 또 한차례, 새로운 집에 재인의 체취가 스민다. 재인의 몸 안으로 자신의 몸을 끝까지 밀어넣는

134

순간 도원은 지금을 영원히 후회하지 않았으면 좋겠다고 생각했다.

관계가 끝나고 나서도 그들은 이불 속에 웅크리고 오랫동안 누워 있었다. 오르락내리락하는 재인의 납작한 배를 쓰다듬으며 몸에 감기는 이불의 감촉에 파묻혀 있자니 도원의 마음은 온통 풀어져버렸다. 몸집만 커져버린 어린아이가 된 것 같은 기분이다. 뒤늦게, 부엌에서 불어터졌을 파스타 면을 떠올리자 웃음이 터져나온다. 두 사람 모두 전혀 배고프지 않다.

재인과의 만남은 무언가가 회복되는 느낌을 줬다. 오랫동안 잊고 있던, 치유 불가능하다고 여겼던 것이 되살아나고 아물어가는 느낌. 좋은 사람이 된 것 같은 기분. 그런 생각을 들려주자 재인은 작게 웃었다. 맑고 잔잔한 소리를 내며.

"설마 그런 기분을 느끼게 한 사람이 내가 처음이라는 진부한 얘기는 아니겠지?"

"맞아."

도원이 짧지만 진지하게 답했다. 사실 지나온 삶을 빠르게 스캔해보면 떠오르는 사람이 하나 있긴 하다. 바로 그의 어머니다. 도원은 비교적 평화로운 유년 시절을 보냈다. 회상 속의 어머니는 언제나 인자하고 여유로운 미소를 띠고 있었고 지금도 마찬가지로 인생의 사려 깊은 선배다. 몇 해 전, 지병을 앓던 아버지가 돌아가실 때 어머니는 많이 힘들어하셨다. 그럼에도 기품을 잃은 적은 없다. 도원은 어릴 때 살던 서울 외곽의 작은 도시에서 고집스럽게 서예 교습소를 운영하는 어머니를 동생과 함께 정기적으로 방문하지만 어머니의 사생활은 아들들에게조차 철저히 비밀로 남아 있다. 어려웠던 시절은 분명히 있었으나 삶을 대하는 어머니의 안정적인 태도에는 변함이 없다. 환하고 따뜻해서 돌아가고 싶은 품, 자식임에도 절대 선을 넘는 법 없이 깨끗하고 담백하다.

"별로 반갑지 않은데. 누군가의 엄마를 연상시키는 여자라는 건."

어머니의 얘기를 이어가자 재인이 말을 끊으며 몸을 일으켰다. 이 나이에 마마보이라고 평가받는 건가. 어머니라는 단어가 주는 무게감이 원래 표현하려던 감정을 완전히 날려버린다는 사실을 깨닫자 도원은 새삼 머쓱해졌다. 재인의 가족사에 대해 들은 얘기가 떠올라 기분이 무거웠다. 하지만 재인의 표정에 불편함은 이미 남아 있지 않다. 그런 걸 보면 재인은 정말 어른이다.

그럼에도 불구하고 여전히 재인은 얇은 막으로 감싸져 있는 것 같다. 뭘 하느냐고 묻거나 누굴 만나느냐고 물을 때 돌아오는 대답들은 상냥하지만 구체적이지 않다. 그럴 때면 아직 재인의 일상에 속속들이 받아들여지지 않고 있다는 느낌을 안고 도원은 궁금증을 해소시키지 못한 채 입을 다문다. 얼마 전엔 재인의 가게에서 한 남자와 스친 적이 있다. 언뜻 봤을 땐 손님 같았지만 가게를 나서며 뒤로 길게 끄는 시선이 마음에 걸렸다. 그렇지만 묻지 않았다. 원체 캐묻는 성격이 아니기도 하거니와 따지고 보면 도원도 말하지 않은 것은 많기 때문이다. 예를 들어 얼마 전에 다시 수민을 만난 사실도.

언젠가 수민을 맞닥뜨릴 수도 있다고 생각하긴 했다. 하지만 일주일 사이에 두 번이나 마주치게 될 줄은……

한 번은 감독 입봉을 앞둔 친구 세영이 투자성사 기념으로 연 술자리에서였다. 친한 친구 몇 명만 오는 줄 알고 있었기 때문에 도원은 그 자리에 있는 수민을 보고 아연실색하지 않을 수 없었다. 새삼스레 세영에게서 '예전 자신의 단편영화에 출연한 적이 있는, 뜨고 있는 신인배우'라며 수민을 소개받고 초면인 양 인사하는 것도 난감하기 짝이 없었고, 어디서 뵌 것 같아요,라며 수민이 암시를 섞어 말할 때 의문스러운 듯 억지로 표정을 쥐어짜내는 것도 정말이지 도원과 맞지 않았다. 비밀연애의 끝은 이렇듯 끝까지 찜찜하다.

수민은 도원이 재작년에 작업했던 영화의 조연배우였다. 많이 알려지진 않았지만 작은 역할들을 줄지어 따내며 차근차근

인지도를 높이고 있는 상태여서 소속사에 연애 사실이 알려지면 곤란했다. 도원은 연애를 비밀로 하자는 수민의 의견을 존중했다. 사실 도원은 비밀연애를 좋아하지 않는다. 이십대 때는 어쩔 수 없었던 경우도 몇 차례 있긴 했지만, 속이고 감추는 건 역시 성미에 맞지 않는다. 수민을 배려하기 위해 응했으나 그래서인지 둘의 관계엔 처음부터 피로감이 깔려 있었다.

그날 술자리에서 마주친 수민은 평소보다 톤업된 상태였고 에너지가 넘쳐 보였다. 마주앉은 상대에게 과도히 반응하면서 몸을 기울이는 모습에도 도원은 개의치 않았다. 자신을 의식하느라 과장한 태도를 보이는 그녀의 젊음이 안쓰러울 뿐이었다. 결국 화장실을 가는 척하며 그대로 나왔다. 수민에게서 일부러 피한 거냐는 톡이 왔지만 답하지 않았다. 재인과 새로운 관계를 시작하지 않았어도 똑같이 행동했을 것이다. 물론 지금은 더더욱 그래야 할 이유가 분명했다.

정작 도원이 놀란 건 며칠 뒤 녹음실에서 수민을 다시 만났을 때였다. 작업 중인 영화에 수민이 우정 출연한 건 알고 있었지만 굳이 ADR을 할 필요도 없었고 ADR 리스트에도 수민의 이름은 보이지 않았다. 그런데 이 영화의 ADR 첫날, 수민은 대기실에 태연히 앉아 도원을 기다리고 있었고 감독은 배우가 특별히 부탁했으니 간단한 ADR을 얼른 진행하자고 말했다.

　도원은 마이크 높이를 맞춰준 뒤 에디팅 룸으로 넘어갔다. 예정대로라면 10분 안에 끝날 분량이었다. 한데 수민은 시간을 끌었고 사소한 이유로 자꾸 재테이크를 요구했다. 도원은 묵묵히 작업을 계속했지만 녹음이 계속될수록 어차피 지금의 녹음파일이 동시녹음 소스를 대체할 수 없겠다고 생각하고 있었다.

　저녁시간, 느지막이 퇴근한 도원은 건물 앞에 차를 댄 수민과 마주쳤다. 꽤 오래 기다린 듯 지쳐 보이는 수민은 도원의 늦은 퇴근에 대해 핀잔을 주며 웃었다.

　"일부러 이러는 거야?"

　도원이 수민에게 던진 말은 그 정도였다.

　"일부러라면 일부러겠지? 나도 시간이 남아돌진 않으니까."

　"이런다고 뭐가 바뀌진 않아. 알고 있지 않아?"

　피로에 목이 잠긴 채 도원이 말했다. 수민과 헤어진 이유는 그녀가 너무 막무가내였기 때문이다. 발랄함을 넘어선 치기. 아무때고 침범하고 자신의 감정을 쏟았다 담았다 하는 변덕. 언뜻 독특하고 유별나 보이지만 이 계통에 이런 타입의 성격은 의외로 흔하다. 그런 흔한 되바라짐보다는 담백하고 수수한 데 더 끌려서일까. 특히나 육감적인 몸이라면 누구든 넘어올 거라고 생각하면서 끝없이 주변을 맴돌면 결국엔 질려버리고 만다.

"나 만나는 사람 생겼어."

묻지도 않은 수민의 실토에 도원은 영혼 없이 답했다.

"잘됐네."

수민의 표정이 잔뜩 심술궂어졌다.

"누군지 안 궁금해?"

도원은 한숨을 내쉬었다. 누구든지 놀랄 것 같지 않다. 이것이 질투심을 유발할 거라 생각했다면 더더욱.

"전혀."

"그래서 나랑 잔 거야? 헤어지고 며칠 만에?"

질리는 대화법이다. 저 말의 목적은 뭘까. 이 자리에 오겠다고 결심한 이유는 필시 달랐을 거다. 바로 이런 행동 앞에서 돌아선 마음은 더욱 단단히 잠겨버린다는 걸 모르는 걸까.

"그동안 난 적당히 행동한 것 같은데. 그 정도 가지고 안 되는 거였다면 어떻게 해줄까?" 도원이 낮게 물었다. 이럴 때 그는 아주 무섭다.

"한 가지만 기억하면 될 것 같아. 네가 무슨 생각을 하든 어떻게 되든, 난 너란 사람한테서 이제 아무런 영향도 받을 수가 없어."

일그러진 수민의 얼굴에서 눈물이 떨어지기 전 도원은 걸음을 옮겼다. 그렇게까지 차갑게 말할 생각은 없었다. 그런 말을 뱉은 자신이 혐오스러웠고 어떻게 보면 별일도 아닌 에피소드가 이제는 아무에게도 말하지 못할 비밀이 돼버린 게 싫었다. 이럴 때면 환멸이 인다. 이렇듯 바닥을 내주며 갈기갈기 찢어진 모습을 보여야만 관둬지는 게 사랑인가.

"무슨 생각해?"

재인이 도원 앞에 다가와 앉았다. 방금 전 머릿속에서 일어났던 얼룩진 기억을 고백할 수는 없다. 도원은 잠자코 재인의 촉촉한 손끝을 만지작거렸다. 그는 누군가에게 안기는 타입이 아니다. 그런데도 재인에게만은 어린아이처럼 마냥 사랑받고 싶다. 재인이 주는 사랑은 늘 부족하다. 부족해서 불안하고 안타까워서 곁에 있어도 모자라기만 하다. 도원은 재인의 몸 곳곳에 스민 고소한 냄새들을 정신없이 맡으며 그녀를 빈틈없이 껴안았다.

"내일 놀러갈래?"

도원이 물었지만 재인은 고개를 저었다.

"내일은 약속이 있어서."

"무슨 약속?"

"그냥, 약속."

재인이 싱긋 웃었다. 도원도 재인에게 미소를 돌려보낸다. 어른의 연애란 그런 거라 생각한다. 도원은 자신의 비밀을 떠올린다. 수민을 만난 것보다 더한, 진득한 비밀을. 누구에게서도 비난받은 적 없지만 스스로를 용서할 수 없는 어두운 그늘을. 도원은 일어서려는 재인을 붙잡아 끌어안았다. 될 수만 있다면 하나가 되고 싶었다.

"소원이 생겼는데."

"응?"

"같이 늙고 싶어, 재인 씨랑."

도원이 재인을 깊게 응시했다.

"쭈글쭈글해질 때까지, 이 모든 감정이 한낱 희미한 추억이 될 때까지, 같이 늙어보고 싶어."

벅차오르는 기분에 도원은 옅은 오한을 느꼈다. 자신의 앞에서 여린 미소를 짓는 재인의 입꼬리를, 그녀가 입은 연한 물방울무늬 옷과 빛나는 살결이 드러난 동그란 어깨를, 묘하게 빛나는 눈동자의 색을 눈 안에 길게 담았다. 어디서도 증명될 수 없는 기억을 만들겠다고 결심하면서.

그러나 결심을 선언하는 언어의 마법이 끝나고, 다시 포옹에 잠겨 있는 순간 도원은 미래를 본다. 머지않은 어느 때, 그는 오늘을 먼 과거로 회상할 것이다. 사실 재인과 함께 늙고 싶다고 말하는 동시에 도원은 끝을 떠올렸다. 미래를 내다보듯 그는 재인과 함께하는 시간의 소멸을 머릿속으로 목도한다. 천천히 저물어가는 젊음의 끝에서 서로를 안고 있는 연인도, 몸을 따스하게 감싸주는 고소한 빵 냄새도 모두 사라질 것이다. 허물어지고 깨지고 결국은 아무런 증거조차 남지 않은 채. 거기까지 생각이 미치자 눈물이 고였다.

"울어?"

재인이 묻는다. 포옹을 풀지 않은 채, 사랑을 믿는 아이 같은 눈망울로 그를 올려다보며. 그 눈빛을 본 도원의 눈이 간신히 담고 있던 눈물을 밀어낸다. 흐느낌은 없다. 영혼이 담긴 맑은 눈물일 뿐이다. 재인이 도원의 뺨을 문지른다.

"아무것도 아니야, 아무것도. 그냥, 좀 나쁜 생각을 했거든."

도원은 부러 큰 숨을 들이키며 말했다. 울다가 감정을 환기할 때 그러하듯.

"나쁜 생각? 나랑 있는데 나쁜 생각을 했다고?"

재인이 장난스럽게 엄한 표정을 짓고는 도원을 안아줬다. 부드럽고 따스하게. 그녀의 거칠고 마른 손이 도원의 등을 가만히 쓸어내리며 토닥인다. 재인은 어떤 종류의 나쁜 생각이었느냐고 묻는 대신 어른스럽게 말한다.

"지금은 지금일 뿐이야."

끝은 올 것이다. 그러나 느낄 수 있는 것은 현재뿐이다. 도원

은 현재의 끝이 상상할 수 없을 만큼 멀리 있다고 생각하기로 했
다. 그러자 불안은 사라지고 평화가 그의 머리 위로 내려앉았다.

14

1월의 풍경은 스산하다. 헐벗고 황량하다. 그러나 그 안엔 고요한 운치가 있다. 창밖으로 빠르게 지나가는 노을 아래 잿빛 풍경을 바라보며 재인은 생각한다.

"춥지. 히터 더 올려줄게."

옆에서 들려오는 목소리에 고개를 든다. 익숙한 손이 운전대를 잡고 있다. 길고 두터운 손. 맞잡고 영원을 맹세했던 현조 씨의 손이다. 재인은 흘깃 고개를 들어 그의 거친, 삶에 마모됐으나 고집스러운 얼굴을 본다. 재인과 현조 씨를 실은 차가 늦은 오후의 햇살을 뚫고 직진한다. 물론 도원은 오늘 재인의 일과를 전혀 모르고 있다.

해가 가라앉기 직전 그들은 서울 근교의 아담한 전원주택에 도착한다. 빛바랜 주황색 지붕과 낡은 벽, 건물을 감싼 마당이 아늑하다. 현조 씨의 식구들이 함께 쓰는 가족별장이다. 4년 전 이 뜰에서 재인과 현조 씨는 결혼식을 올렸었다.

"왜 이렇게 많이 떨어? 별로 안 추운데."

현조 씨의 말대로 1월치고는 따뜻한 날씨, 3월 초를 방불케하는 영상 12도의 온도다. 그런데도 재인의 몸속을 파고드는 추위는 집요한 느낌마저 든다. 습한 추위다. 온도는 따스해도 피부 밑으로 침범하는 서늘한 습기는 피할 길이 없다.

"다녀와. 난 집에 들어가 있을게. 당신도 그게 편하지?"

현조 씨의 말에 재인은 고개를 끄덕였다. 집 앞으론 작은 동산이 펼쳐져 있다. 작다고 얕봤다간 의외의 경사에 놀라게 되는 동산이다. 재인은 굳은 흙을 꾹꾹 밟으며 천천히 동산을 올랐다. 정상에 오른 뒤 왼쪽에 쌓여 있는 자작나무 더미 사이로 난 샛길을 거쳐 개구리 모양의 바위를 지나면 저 멀리 두 그루의 나무가 보인다. 미치와 루카가 묻혀 있는 나무들이다.

미치는 벚나무 밑에, 루카는 소나무 아래 잠자고 있다. 겨울이라 꽃이 피지 않은 벚나무는 소나무 쪽으로 가지를 뻗쳤다. 정작 소나무는 벚나무 가지 따위 자신을 찔러도 상관없다는 듯 의연히 서 있다. 살아 있을 때의 미치와 루카를 닮았다고 생각하며 재인은 소리 없이 웃는다. 현조 씨는 종류가 다른 나무가 나란히 서 있으면 뿌리가 엉키거나 병들 수도 있다고 말렸지만 재인은 끝까지 고집을 꺾지 않았다. 둘을 닮은 나무를 심어주고 싶었다. 그리고 나무들은 잘 지낸다. 살아 있을 때의 미치와 루카처럼.

미치는 열한 살에, 루카는 1년 뒤 열두 살에 죽었다. 강아지 루카를 분양받고 얼마 후 길에서 비에 맞아 오들거리고 있는 아기 고양이 미치를 데려온 날은 재인의 스물한 번째 생일 다음날이었다. 처음엔 둘의 몸집이 비슷했지만 래브라도 피가 섞인 루카의 덩치는 곧 미치의 네 배를 뛰어넘었다. 어릴 때 만나서인지 개와 고양이라는 것도 둘의 우정엔 아무런 장애물이 되지 못했다. 느긋한 루카는 장난이 심한 미치에게 늘 당하는 것처럼 보였지만 그러다가도 잘 때가 되면 자신의 품 안으로 쏙 파고드는 미치를 넉넉하게 보듬곤 했다. 영리한 미치는 자유분방한 기분파였으나 신기하게도 목줄에는 거부감이 없었다. 둘을 산책시킬 때면, 목줄을 찬 도도한 회색 고양이와 그 뒤를 따르는 덩치 큰 개의 조합을 신기하게 바라보는 사람들의 시선에 재인의 마음은 기쁨과 긍지로 차올랐다. 미치와 루카는 이십대를 거쳐 삼십대에 이르는 내내 재인의 위안이었고 유일하게 재인의 가족을 결합시킨 주인공들이었다.

미치의 병을 발견하고 치료해준 건 현조 씨였다. 동산에 둘의 묘를 놓자고 먼저 제안한 것도 그다. 그는 진심으로 두 아이를 좋아했다. 그 점만큼은 재인도 깊이 감사하고 있다.

잠든 미치와 루카를 품은 두 그루의 나무를 볼 때면 재인은 예쁜 봄날, 뜰에서 이루어진 작은 결혼식을 떠올린다. 화동 대신 큼직한 리본을 단 미치와 나비넥타이를 맨 루카가 각각 'Love'와 'Forever'가 새겨진 풍선을 달고 의젓하게 행진했다. 햇빛 아래 반짝이는 미소와 축복의 말들이 오갔다. 그늘이라곤 한 조각도 없던 오후, 재인은 그날처럼 자신의 미래도 봄날 같을 거라 믿었었다. 혹은 그렇게 믿으려고 애썼다.

행복했던 순간들은 왜 과거가 되면 슬퍼지고 마는 걸까. 사랑도 영원도 거짓된 명제임이 드러났을 뿐이다.

현조 씨와 재인은 합의된 딩크 부부였다. 그것을 전제로 성사된 결혼이라고 할 수 있을 정도로 재인에게 아이를 낳지 않는 건 중요한 문제였다. 결혼한 지 2년 만에 현조 씨가 노선을 바꿨을 때 재인이 당황한 건 당연했다. 아이를 낳는다면 사랑해줄 자신은 있었다. 다만 그 사랑의 형태가 어떤 모습일지 그려보면 현기증이 났다. 엄마와 아버지 같은 부모가 되지 않으리라고 자신할 수 없었고 이유는 그것으로 충분했다.

현조 씨는 그런 재인의 생각을 이해하지 못했다. 그는 사람의 생각이란 바뀔 수 있다는 것을 이유로, '자연스러운 보통의 가정'을 원한다며 재인을 설득하기 시작했으며 그 과정에서 재인은 어느새 자기 뜻대로만 하는 이기적인 사람으로 낙인찍혀가고 있었다. 어떤 식으로든 이 쳇바퀴 같은 대화에는 끝이 필요했다.

병원 미용사와 현조 씨가 파트너로 지내고 있다는 걸 알게 된 건 부부 사이가 한참 냉랭해졌을 무렵이었다. 미용사는 다른 곳으로 직장을 옮겼고 현조 씨는 일시적인 관계였다는 말로 재인의 마음을 돌리려 했지만 이미 관계는 어그러질 대로 어그러진 뒤였다.

그런데도 재인과 현조 씨는 여전히 때로 함께다. 결혼이 문서화되지 않은 계약이란 걸 핑계로 쉽게 헤어졌듯, 버리지 못하는 추억을 빌미로 두 사람은 묶여 있다. 미치와 루카를 버려두고 갈 수는 없다. 현조 씨의 영역에 묻혀 있기 때문에 그애들의 흔적을 확인하려면 재인은 이곳으로 오는 수밖에 없다. 그렇게 해서 현조 씨와 재인은 아직도 끊어지지 않은 상태다.

이런 얘기를 털어놓아도 이해할 사람이 있을까. 고작 반려동물 때문이라니, 말도 안 되는 핑계라고 생각할지 모른다. 묘를 옮기면 되잖아,라는 간단한 답이 있지만 그 위로 서 있는 나무들을 보면 엄두가 나지 않는다.

"계속 서 있으면 추워. 아까부터 떨었잖아."

어느새 다가온 현조 씨가 바로 뒤에서 속삭였다. 재인은 놀란 마음을 감춘 채 말했다.

"집에 들어가 있는다며."

현조 씨는 대답 대신 익숙하게 재인의 몸에 팔을 감고는 노골적으로 암시했다.

"자고 갔으면 좋겠는데."

도원 씨를 다시 만난 뒤 현조 씨와 몸을 섞은 적은 없다. 그것만큼은 결백하다. 하지만 얼마 전 가게까지 찾아온 걸 보면 현조 씨는 이 관계가 다시 봉합될 수 있다고 여기는 건지도 모른다. 현조 씨가 가게에서 나가는 순간 도원이 들어오는 바람에 재인은 종일 음침한 기분에 사로잡혀 있어야 했다.

"누구라도 생긴 거야?"

현조 씨가 물었다. 재인은 걸음을 옮기며 자신의 몸을 옥쥔 그의 팔을 자연스레 떨쳐냈다.

"그렇든 아니든 당신이랑 상관 있나?"

자조 섞인 웃음으로 답했지만 현조 씨는 아랑곳하지 않고 본심을 드러낸다.

"결혼식 날 기억나? 잎들이 파랬는데."

"그랬지."

"그때쯤이면 어떨까 해. 당신도 시간이 필요할 것 같아서. 다시 같이 살자. 잎이 피어날 때."

갑작스런 말에 재인은 몸이 오싹해졌다.

"당신도 그런 생각이었던 거 아닌가. 그게 아니면 이렇게까지 계속 만날 이유는 없을 거라고 생각해서."

현조 씨가 미소 지으며 말했다. 자신감 있는 미소. 자신이 재인에게 얼마나 상처를 줬는지 전혀 알지 못하는 얼굴이다. 재인은 그 얼굴을 뚫어지게 바라봤다. 지금 자신이 짓고 있는 표정을 그가 또 얼마만큼이나 제멋대로 오해해버릴지 궁금해하면서.

발밑으로 생기 없는 낙엽들이 바스락거렸다. 현조 씨의 말대로 잎들은 다시 푸르러질 것이다. 그리고 또다시 바스라질 것이다.

늦은 밤 재인은 여느 때처럼 엄마와 저녁을 먹는다. 얼마 전 치매 진단을 받고 엄마는 눈에 띄게 허약해졌다. 증상은 심상치 않은 건망증뿐이었다. 다행히 초기라 약을 먹으며 별탈 없이 일상생활을 지속하고 있지만 작은 구멍이 난 풍선처럼 엄마의 기력이 폴폴 빠져나가고 있는 게 느껴진다. 괜찮아 보이다가도 갑자기 구부러지고 쪼그라든 모습을 발견할 때마다 재인은 소스라친다. 엄마는 증세에 관계없이 2년 후에는 요양원에 들어가겠

다는 말을 입에 달고 살아서, 그 말이 나올 때마다 재인은 난감
해진다. 사실 언젠가는, 아니 어쩌면 예상보다 빨리 현실이 될
거라는 걸 알고 있으면서도.

소리 없는 식사 중간에 별안간 엄마가 운을 뗐다.

"다시 합칠 거니?"

재인은 무슨 소리냐고 되물으려다 그만뒀다. 현조 씨와 단절
되지 않은 걸 눈치챘을지도 모른다는 생각은 했지만 역시 당황
스러운 질문이다.

"아니."

밥을 씹는 소리만이 정적을 메운다.

"어떻게 되든 혼자 살지는 마."

재인은 동작을 멈추고 엄마를 바라봤다. 엄마는 태연히 식사
를 계속하고 있다. 재인은 늙어버린 자신의 얼굴을 엄마에게서
본다. 끔찍하다고 느끼는 동시에 당연하게 받아들여진다. 엄마
를 닮았다면 재인도 이른 나이에 치매가 올지 모른다. 엄마와
다른 점이 있다면 아마도 자식은 없을 거라는 점. 과연 어떤 풍
경의 노년을 맞이하게 될까. 두렵기도 하고 감히 상상하기도 어
렵지만 하루, 또 하루가 지나 언젠가는 그날이 오고야 말 테지.
엄마가 엄마 몫의 접시를 치우기 시작하자 달그락거리는 소리
가 공간의 적요를 깬다. 재인의 그릇엔 아직 음식이 많이 남아

있다.

"엄마. 나 아직 다 안 먹었어. 제발 좀, 가만 계시면 안 돼요?"

재인의 목소리에 예민함이 서렸다. 그녀로서 자주 있는 일은
아니다. 엄마는 살그머니 그릇을 내려놓는다. 그러자 수도꼭지
의 물방울이 개수대에 떨어지는 소리만이 나른한 규칙성을 낳
는다.

"내가 너를 잘못 키웠어."

엄마의 목소리가 무겁고 느리다.

"그건 또 무슨 말인데." 재인은 억지로 물었다. 엄마의 말이
멈추기를 희망하며.

"너무 착하게 키웠거든. 그러면 세상 살기 어려워지는 걸 몰
랐지."

재인이 들던 숟가락을 천천히 내려놓았다.

"엄마. 나 안 착해. 엄마 생각보다 훨씬 더 안 착해. 놀라울 정
도로 안 착하니까, 그러니까 걱정하지 마, 제발."

"그렇다면 다행이네." 엄마가 웃는다. 진심으로 안도하는 말
투다.

"근데 조금 더 못돼져도 좋아. 그리고 혼자 늙지는 마라. 늙더
라도 누군가랑 같이 늙어."

결국 재인의 식사는 거기서 중단됐다.

집으로 돌아가는 길, 엉망진창인 하루를 겪은 재인의 마음은 황폐하기 짝이 없다. 오늘 하루 잘 지냈어? 응, 왠지 힘든 하루였네. 위로가 필요한 건가? 어쩌면. 간단한 몇 마디에 도원이 그녀의 집 앞에 서 있다. 재인은 아직 자신을 발견하지 못한 도원에게 다가간다. 하루 종일 휘둘려진 재인에 비하면 도원은 너무도 태연하고 온전한 폼으로 아파트 화단에 몸을 기댄 채 그저 하늘을 올려다보고 있다. 우연히 고개를 돌려 재인을 발견한 도원의 눈이 촛불 켜진 듯 빛난다. 자신을 향한 그 눈빛을 보는 순간 재인은 달려가 도원을 와락 끌어안고 말았다. 그 충격에 반 발물러난 도원이 한 박자 늦게 재인의 몸에 팔을 두른다. 천천히 온기가 한기를 밀어낸다.

　포장을 벗겨내고, 마음에 깃든 숱한 어둠의 조각들을 내보여도 자신을 향한 도원의 눈빛은 지속될 수 있을까. 절대로, 절대로 그렇지 않을 것이다. 틈 없이 밀착한 도원의 품에서 재인의 비밀은 한층 더 깊어진다. 두터운 비밀엔 그늘이 스민다. 재인은 그 그늘을 묻어둔 채, 빛을 그리듯 도원을 그러안고 있었다.

15

전주에서 봐. 이 이상한 톡 하나 때문에 호계는 지금 손을 후후 불며 길모퉁이 전봇대 앞에 서 있다. 저녁시간 거리를 메운 수많은 사람 중 멈춰서 있는 이는 호계뿐이다. 멀리서 예진이 발그레해진 볼로 달려온다. 입에서 피어나는 연기가 흡사 굴뚝에서 나오는 김 같다. 만남의 장소는 베이커리와 예진의 회사 중간 지점쯤에 있는 전봇대 앞. '전주에 올라가면 위험합니다'라는 빨간 낙인이 새겨진 전봇대다. 퇴근길, 둘은 이따금씩 만나서 함께 지하철을 타고 집에 간다. 두 사람의 집이 지하철로 두 정거장 거리이기도 하고, 재인과 도원이 본격 연애에 접어들기 전엔 예진이 둘의 동향을 살피며 호계에게 이것저것을 묻느라 그랬다. 최근 들어서는 이유가 하나 더 생겼는데 호계로선 도무지 납득할 수 없는 '빵 때문'이다. 재인을 질투하면서도 예진은 빵만큼은 끊을 수가 없는 모양이다.

"직접 와서 사먹으면 되잖아. 굳이 이렇게 해야 돼?"

호계가 손에 든 빵 봉지를 건네며 물었다.

"몇 번 그래봤는데 별로. 이제 와서 연적을 대면할 필요도 없고."

연적이라니, 참패한 주제에. 호계는 속으로 피식, 하고 만다.

"맞다, 여기 현금. 카드가 아니어서 좀 번거롭겠지만 계산은 확실하게. 계좌이체가 편하면 다음부턴 그렇게 하고." 예진이 지폐와 동전을 짤랑거리며 말했다.

"진짜 독특한 캐릭터네."

"누군 아니고?" 예진이 빵을 오물거리며 말했다. 손이 발개졌는데 춥지도 않은가보다.

"애가 그늘이 없냐."

"왜. 그래서 눈부셔?"

예진의 말에 호계는 무방비 상태로 저격당한 것처럼 웃어버리고 말았다.

"나도 나름 다크해. 너만큼은 아닐지 몰라도." 초코 크림이 뺨에 묻은 줄도 모르고 예진이 덧붙인다. 호계는 그런 예진을 물끄러미 바라본다. 나랑은 정말 다른 사람이구나.

호계의 마음속에는 감옥이 하나 있다. 어둡고 꽉 닫혀 있으며 많은 비밀이 감춰져 있는 감옥이다. 감옥 안에는 그의 부모님이 갇혀 있다. 용서할 수 없기 때문에, 혹은 생각하고 싶지 않아서 호계는 부모에 대한 감정을 그 안에 가두었다. 살을 에는 추위와 감춰둔 묘한 흥분이 더해져 그 감옥에 대한 얘기가 나왔다.

"그런 장치를 만들다니 신기하네. 계기가 뭔데?"

예진이 궁금한 듯 묻자 호계는 한동안 생각에 잠긴 채 뜸을 들였다.

"할머니."

호계가 나지막이 답했다. 누구에게도 해본 적 없었지만 입을 열자 꾹 닫힌 가슴 안에 묻어놓은 이야기가 가감 없이 터져나왔다.

호계는 부모의 무관심과 방치 속에 자랐다. 부모님은 이지적인 동시에 이기적이었으며 그들에게 있어 호계는 안 좋은 타이밍에 태어난 원치 않은 부산물이었다. 박사과정 중이었던 어머니는 매진하던 공부에 대한 열망이 컸고 아버지는 막 번창하려는 사업 때문에 눈코 뜰 새 없이 바빴다. 갑자기 태어난 자식에 대한 원망을 대놓고 표현하기에 그들은 스스로가 너무 지적이라고 생각했기 때문에, 학대 대신 세련된 방임을 선택했다. 호계를 돌봐주는 이들은 자주 바뀌었는데 대부분 부모의 까다로운 심성을 버티지 못해서였다.

여덟 살이 되었을 때 호계는 할머니를 만났다. 할머니는 엄마의 먼 친척이 소개시켜준 사람으로, 실상 혈연관계는 아니었다. 그녀는 조용하고 섬세했으며 모든 것을—심지어 어머니와 아버지의 성정마저도—보듬을 줄 알았다. 어린 호계조차 할머니가 가진 자애로움의 바탕에는 자신을 진심으로 아끼는 마음이 있음을 느낄 수 있었다. 그렇게 호계는 할머니와 둘도 없는 가족이 되어갔다.

어느 날 호계가 엄마와 아빠는 자신을 사랑하지 않는다고 울먹이며 말했을 때 할머니는 웃으며 답했었다. 그건 사실이 아니라고. 그 말 한마디에 호계는 할머니의 말을 믿었다. 부모님은 자신을 사랑하지만 여유가 없고 바쁜 것뿐이라고.

할머니는 호계의 마음속에 존재하는 유일한 등불이었다. 호계의 작고 그늘진 내면을 비춰주던 등불. 호계는 그 빛을 방패삼아 하루하루를 꾸역꾸역 버텼다.

중학교 입학 직전의 어느 날 호계는 앞으로 더 이상 할머니를 볼 수 없다는 통보를 받았다. 발악을 하며 반항하자 아버지는 이렇게 말했다.

"그 사람은 그냥 고용된 사람이었을 뿐이야."

그건 견해가 아닌 결론이었다. 가슴속의 등불이 점차 빛을 잃어가는 동안 호계는 성인이 되었고 이미 타인을 믿지 않는 심성이 굳어지고 있었다. 그럼에도 대학에 합격하고 입학을 앞두었던, 말하자면 소년이었던 마지막 겨울, 호계는 어렵게 수소문해 할머니를 찾아갔다.

할머니는 이미 의식이 없는 상태나 다름없었다. 그는 한나절을 할머니 곁에서 보냈으나 차라리 안 그러는 편이 나았을 것이다. 아무도 찾아오지 않는 쓸쓸한 병실의 낡은 벽에선 곰팡이 냄새가 났다. 두 사람이 한때 정서적으로 이어져 있었다는 증거는 어디에도 남아 있지 않았다. 호계는 딱딱하게 굳어버린 할머니의 손을 잡을 용기조차 내지 못한 채 무표정한 얼굴로 여섯 시간을 미동도 않고 앉아 있다가 그 자리를 빠져나왔다. 공식적으로 어른이라는 게 다행스러웠다. 그렇지 않았다면 방금 본 사람을 자신이 알던 할머니라고 인정하지 못했을 테니까.

호계는 앞으로 납부해야 할 병원비를 안내하는 원무과 직원의 바쁜 입놀림을 가만히 바라보기만 하다가 병원을 나와 그 길로 부모를 찾아갔다. 그리고 처음으로 금전적인 부탁을 했다.

"갚아야 할 돈이라는 건 알고 있지?"

누가 봐도 '성공한 중년 남자'라고 칭해질 법한 아버지가 언짢은 얼굴로 기어이 다짐을 받아냈다. 어머니도 이미 예전에 인연이 끊긴 할머니를 그렇게 해서까지 도와야겠느냐고 질타 어린 말을 보냈다. 바로 그 순간, 두 사람은 호계의 감옥에 가두어졌다.

돈을 갚아야 한다고 해서가 아니었다. 뱉어낸 말의 온도 때문이었다. 가족도 없어 홀로 치러진 할머니의 장례를 지켜보며 호계는 그 결심을 굳혔고 결국 아버지와 연을 끊었다.

아버지는 지금 병상에 누운 지 오래다. 위중한 상태는 아니지만 갑자기 찾아온 뇌졸중으로 한쪽 몸은 마비된 상태이며 남들보다 약간 더 쾌적한, 그래봤자 1인실일 뿐인 병실에 평생 모은 돈을 납부하고 있다. 부부는 실상 졸혼이나 다름없는 관계로, 수도권의 한 대학에서 교수로 일하는 어머니는 두 달에 한 번꼴로 아버지에게 들른다고 했다.

그런 어머니에게서 받은 문자의 내용은 의외였다. 아버지는 호계가 한 번쯤 들러주기를 바라고 있다. 더 늦기 전에 아들의 얼굴을 보고 싶다는 이유로. 거듭된 내용의 문자에 답하지 않은 지도 1년이 넘었다. 하지만 호계에겐 불편한 숙제처럼 남아 있는 의문이다.

"너라면 어떻게 할 것 같아."

긴 이야기의 끝에 호계가 예진에게 물었다. 말하다 보니 자기도 모르게 과거를 다시 지나쳐 온 것 같아 몸이 후들거렸다.

"정말 어렵다. 복잡하고."

골똘히 생각에 잠겨 있던 예진이 천천히 입을 열었다.

"나도 너랑 비슷할 것 같아. 어떻게 해야 좋을지 전혀 모를 것 같다는 점에서. 그런데 여기서 정작 중요한 건 다른 게 아닐까? 이 질문이 너를 괴롭히고 있다는 것 자체에 주목해봐. 같은 고민을 계속 안고 있다는 건, 이미 네가 결론을 알고 있다는 뜻일지도 모르니까."

예진의 말 덕분이었던 걸까. 어쩌면 예진의 눈빛에 응원이 담겨 있다고 느껴서였는지도 모른다. 얼마 후 호계는 아버지를 찾아갔다. 쉬운 여정은 아니었다. 아버지가 누워 있는 병원으로 향하던 발걸음은 망설임과 더불어 마지막 순간까지 몇 차례나 멈춰졌다. 그러나 결국 호계는 그곳에 다다랐다.

병실은 깨끗했고 관리가 잘되어 있었으며 아버지는 잠들어 있었다. 기세등등했던 얼굴은 수척해졌고 결코 부러뜨릴 수 없을 거라 생각했던 남자는 이제 나약한 환자일 뿐이었다. 그렇지만 당장이라도 꺼질 것같이 위태로운 모습은 아니었다. 호계는

그 모습에서 이상한 안도감을 느꼈다. 만약 아버지가 죽음을 앞
둔 상태였다면 오히려 절대로 오지 않았을 것이다. 죽음을 빌미
로 협박당하듯 화해와 용서로 이어지는 건 상상만 해도 끔찍했
다. 허나 지금의 풍경은 일상적이었다. 그러니까 의미부여를 할
필요가 없다. 오늘의 방문은 화해와도 용서와도 관계가 없는,
어쩌다 들른 외출 같은 것이다. 호계는 그렇게 정의했다. 세 발
짝쯤 떨어진 거리를 유지한 채 호계는 잠든 아버지의 얼굴을 물
끄러미 바라봤다. 한 발짝, 두 발짝, 세 발짝을 다가서면 무언가
가 달라질까. 의미 없는 생각이 머리를 스치는 순간 호계는 몸
을 돌려 병실을 빠져나왔다. 이것이 마지막 방문이 아닐 거라는
예감이 당황스럽게 느껴졌기 때문에.

거리로 나온 호계는 예진에게 병원에 다녀왔다는 소식과 함
께 고맙다는 메시지를 보냈다. 왠지 그래야 할 것 같았다. 아니,
실은 뭐라도 핑계를 만들어 연락했을 거다. 그 뒤 그는 이상한
흥분에 사로잡혀 하염없이 걸었다. 발걸음은 경쾌하고 민첩했
으며 차가운 공기조차 상쾌하게만 느껴졌다. 그러나 몇 시간이
지난 후, 그러니까 몸이 지쳐 속도가 느려지고 살얼음 같은 공
기가 피부를 불편하게 파고들 때쯤 호계는 자신이 한참 동안 오
지 않는 답장에 진한 언짢음을 느끼고 있다는 것을 깨달았다.

예진에게 고맙다고 보낸 메시지보다 속에 품은 감정이 훨씬 더 큰 종류의 것이라는 걸 알게 된 것도 그때다.

그 뒤부터 호계는 일이 끝나면 밤새도록 그림을 그리기 시작했다. 무언가에 이처럼 오래 매달려본 건 처음이었다. 누구를 위해서도 아니었고 목적도 없었지만 그냥 그렇게 모든 것을 잊고 그림을 그렸다. 그 행위만이 그를 두서없는 잡념에서 벗어나게 했다. 완성된 그림을 사진 찍어 예진에게 보내면 돌아오는 반응은 늘 짧았다. 와. 대박. 짱인데. 최고! 격식도 품평도 없는 짧디짧은 감탄사들이었다. 하지만 그 한마디 한마디에 호계의 가슴속엔 폭음이 울리는 듯했다.

SNS를 다시 해보라는 예진의 말에 호계는 닫았던 계정을 열고 그림들을 올리기 시작했다. 누구와도 닿아 있지 않은 계정이라고 여겼지만 파일을 업로드하고 나면 꼭 지구상의 누군가가 짧게나마 감상을 남겼다. 세상 어딘가에서 존재를 인정받는 느낌은 낯설었지만 싫지 않았고 그건 다시 그림에 대한 열정으로 이어지는 연료가 됐다. 그럼에도 불구하고 호계는 속에서 점점 커져가는 어떤 감정을 다잡기는 힘들겠다고 예감하고 있었다.

우연히 예진을 집으로 초대한 날이 특히 그랬다. 예진은 말없이 호계의 그림들을 응시했고 둘 사이에 대화는 거의 오가지 않왔다. 예진의 옆모습을 본 호계는 문득 그녀를 안아보고 싶다는 마음이 들었다. 예진이 생각지도 못한 말로 그의 마음에 제동을 걸기 전까지는.

"참, 나 남자친구 생겼다."

"남자친구?"

너무 놀란 나머지 호계의 말투는 서늘하기까지 했다.

"응, 어쩌다가……."

호계는 천천히 고개를 끄덕였다. 무슨 말이라도 해야 할 것 같았지만 멍해진 탓에 엉뚱한 말이 새어나왔다.

"잘하네. 남 좋아하는 거. 마음이 그렇게 쉽게 옮겨가나."

"뭐?"

예진이 물었다. 호계의 당황한 마음은 빠르게 심통으로 변해갔고 그러자 얼굴엔 자기도 모르게 조소가 서렸다.

"꽤 좋아했던 거 아니었어? 연적이니 뭐니 하면서 가게까지 와서 탐색할 만큼."

예진은 포기하듯 작게 한숨지었다. 그러더니 남 얘기하듯 나른한 어조로 덧붙였다.

"그러게. 관계라는 게 뜻대로 되는 게 아니더라……."

갑자기 참을 수 없을 만큼 예진이 얄미웠다. 뜻대로 되지 않는 관계. 지금 이 순간 자신보다 더 그 말에 적합한 사람이 있을까.

"하긴 그 핑계라면 누구라도 만날 수 있겠다. 어쩌면 그 도원인가 하는 사람도 널 그런 생각으로 만난 건지도 모르지. 안 그러고서야 어떻게 거의 반쯤 썸 타던 관계에서 바로 다른 사람한테 넘어가겠어."

방금 언급한 '다른 사람'이 재인이란 걸 알면서도 호계는 그만둘 수가 없었다.

"말이 심하네." 예진의 웃음기가 옅어졌다.

"상처주려고 한 말은 아니니까 오해 금지! 네 말대로 관계라는 게 뜻대로 되는 게 아닌가보더라. 그 사람들도 마찬가지야. 둘만 만나는 게 아니거든. 그러니까 서로만 바라보는 관계란 건 애초에 허상인지도 모르지."

그 뒤로 어떤 얘기들이 오갔는지 호계는 잘 기억나지 않는다. 예진의 새로운 남자친구에 대한 얘길 듣지 않으려면, 연인을 언급하며 짓고 있는 미소를 지울 수만 있다면 어떤 말도 할 수 있을 것 같았다. 호계는 자신이 무슨 말을 지껄이는지도 모른 채 가볍고 빠르게 입을 놀렸다. 말은 멈춰지지 않았고 혼자만 알고 있던 비밀들은 깃털보다 가볍게 누설됐다.

일그러진 예진의 얼굴에 눈물이 고였다. 그제야 호계는 자신이 돌이킬 수 없는 짓을 해버린 걸 깨달았다. 정신을 차렸을 때 그는 혼자 빈방에 서 있었다. 조금 전 예진이 닫고 나간 문틈으로 새어들어온 찬바람이 몸에 파도처럼 밀려왔다.

한 발짝, 두 발짝, 세 발짝. 세상을 향해 천천히 나아가고 있다고 생각했던 호계였다. 그러나 아주 짧은 시간 동안 몇 마디 말로 그는 모든 것을 스스로 무너뜨렸다.

호계는 다시 자기 자신다워졌다. 위험하고 불길하고 남의 마음뿐 아니라 스스로의 마음마저도 속일 수 있는 사람. 호계는 자신을 결코 이해할 수 없었다.

16

어느덧 1월 중순이다. 어수선하고 불안하며 모든 게 실감나지 않는 연초다. 도원과의 감정에 불발을 겪고 난 지난 늦가을, 예진은 말하자면 갈 곳 없이 표류하는 신세가 됐고 그런 자기 자신에게 질려버렸다. 자신에게 자꾸 집중되는 마음을 버리기 위해 예진은 전이었다면 결코 하지 않았을 일을 저질렀는데, 그게 지금 막 한 달이 돼가는 '새로운 연애'다.

연애 대상은 예진이 열망하던 이도, 먼저 좋아하게 된 사람도 아니다. 물론 전에도 먼저 대시를 받아 누군가와 어영부영 사귄 적은 있었다. 그렇지만 감정이 어느 정도 차오르기도 전에 성급하게 결정한 연애는 이번이 처음이다. 상대는 예진이 1년 전 잠깐 활동했던 종이접기 동호회에서 만난 은행원, 한철이다. 예진은 손으로 아기자기한 소품들을 만드는 것을 좋아했고 그 일환으로 뜨개질이니 가죽공예니 하는 활동들을 꾸준히 해왔었다. 종이접기 동호회도 그중 하나였다.

한철 씨에 대한 예진의 인상은 단순했다. 종이접기를 하는 은행원이라니, 세상엔 참 다양한 사람이 많구나. 그것뿐이었다. 그래서 이미 동호회 활동이 뜸해진 마당에 한철 씨에게서 갑작스레 새해 복을 핑계 삼은 안부 톡이 왔을 때 의외라고 생각지 않을 수 없었다. 타이밍이란 게 이럴 때 적용되는 말인지 평소였다면 금세 끊어져버렸을 메시지 주고받기는 이상하게 지속됐다. 살다 보면 가끔 애를 쓰지 않아도 매끄럽게 진행되는 일들이 있는데 한철 씨와의 관계가 바로 그랬다. 그렇게 둘은 연말연초에 한두 차례 만났고 곧바로 연애를 시작했다.

새로운 남자친구의 이름이 한철이라는 걸 알게 된 직장동료들은 한철 씨와 '한철' 사귀다 마는 거 아니냐며 농을 던졌다. 예진은 썰렁한 아재개그는 그만두라고 응수했지만 실은 내심 뜨끔했다. 한철 씨에겐 미안하게 됐지만 그와의 만남은 예진에겐 하나의 도전이었다. 먼저 좋아하지 않고 좋아함을 받는 도전. 밍밍한 마음에 억지로 힘을 불어넣어 좋아함을 연기할 수 있는 도전. 그러한 여러 가지 도전들…….

그래서인지 놀랍게도 한철 씨와는 모든 게 빨랐다. 사귀게 된 것도 일사천리, 스킨십도 시작하기 무섭게 그날 바로 잠까지 갔다. 질질 끌면서 무언가가 끓어오를 때까지 기다리고 싶지 않았다. 한철 씨에겐 비밀이었지만 실상 자포자기한 심정의 연애였기 때문이다. 다행인지 불행인지 한철 씨는 예진의 모든 행동을 자신에 대한 애정이나 열정이라고 여기는 듯했다. 그런 생각은 이를테면 행위 중에 불현듯 반말을 쓰며 예진에게 무리한 답을 재촉하는 식으로 표현됐다.

분명 한철 씨는 나쁜 사람은 아니었다. 새로운 연인에게 내릴 수 있는 평가가 고작 '나쁜 사람은 아니다'라는 것에 예진은 죄책감을 느꼈지만 말 그대로 그게 가장 솔직한 평가였다. 나쁜 사람은 아니라는 다행스런 평균점을 제외하고 나서 한철 씨에 대해 말할 수 있는 건, 그가 알아갈수록 독특한 사람이라는 거였다.

한철 씨는 지점이 몇 개뿐인 작은 저축은행에 다녔다. 그는 매우 성실했으며 모든 사람에게 과도한 예의를 차려 자주 자연스러움이 결여된 것처럼 보였다. 가끔씩 터뜨리는 울분은 지나칠 정도로 세속적이어서 듣다 보면 실소가 터지기도 했는데, 그런 감정을 조금이라도 내비치면 정색을 하며 도대체 어느 지점에서 웃은 건지를 끝까지 따져 묻곤 했다.

심하게 상식을 따르는 일상과 대비되게 잠자리에서는 당황스러울 정도로 적극적인데다 그 적극성을 예진에게도 강요하는 통에 예진은 점차 지쳐가기 시작했다. 좋게 보면 이런 유형의 인간이 있다는 사실이 새롭게 다가왔지만 대체로, 피곤했다.

그럼에도 불구하고 예진은 그와의 연애를 당장 그만둘 생각은 없었다. 일단 그 굉장한 개성을 제하고 나면 편한 구석도 많았기 때문이다. 계산할 필요가 없어서 조마조마하지도 않았고 주기보단 받는 사랑이라, 품은 감정보다 넘치게 표현할 것을 종종 재촉받긴 해도 예진 쪽에서 외롭거나 불안해할 일도 없었다.

한철과의 연애에 대해 밝혔을 때 호계가 보인 반응은 예진의 마음에 큰 흠집을 냈다. 호계와는 더없이 좋은 친구라고 생각하고 있었다. 일터와 사는 동네가 모두 가까워서 예진의 로망이었던 '동네친구'로 지내기에 더할 나위 없었고, 묘한 캐릭터이긴 해도 함께 있으면 든든하고 편안했다. 무엇보다 예진은 호계가 자신에게 다른 마음을 품지 않으리라는 사실만큼은 확신이 있었고 그건 자신도 마찬가지였다. 이 '안전한 친구'는 담담한 듯 보여도 복잡하고 세심한 심성을 지녔으며 피부 밑으로는 따뜻한 피가 흐르고 있었다. 단, 아주 가까운 사람만이 그 점을 눈치챌 수 있었다. 상처받은 듯 보이는 유년에 대한 고백을 들으며 예진은 자신이 작게나마 호계에게 위로가 될 수 있어 정말 다행이라고 생각했었다.

특히 예진을 놀라게 한 건 호계가 그린 그림들이었다. 호계는 잠깐 대학에 다녔었지만 4학기를 마치기 전 중퇴했다고 했다. 처음부터 자신의 의지로 선택한 학과도 아니었으며 적성에도 맞지 않아서였다. 가끔씩 그림을 끼적이는 것 외엔 그 어떤 취미도 없다고 말하던 호계였다. 그러나 우연히 본 호계의 그림엔 특별한 뭔가가 있었다. 이를테면 사물의 속성 중 누구도 주목하지 않을 미세한 부분을 포착해서 그것을 테마로 확장시켜내는 것. 그런 건 배운다고 할 수 있는 게 아니었다. 호계가 전송하는 그림들은 스마트폰 액정의 사이즈에 맞춰져 있었지만 각각의 작품이 전하는 감상만큼은 마음의 범위를 넘어섰다. 예진은 스스로 예술적인 소양이 부족하다 믿었기에 그림의 구도나 색채, 미학에 대해 논할 수는 없었다. 그러나 그녀가 내놓는 짧고 강한 탄성은 결코 거짓이 아니었다.

자신의 생활에 일어난 미미한 변화를 호계에게 알리지 않은 이유도 비슷했다. 솔직히 말하자면 심연에 도사린 예술가적 정열을 발산시키느라 여념이 없는 친구에게 부러 알리기에 자신의 연애사 따위는 너무도 사사로운 사건이라는 생각이 들었다. 한편으로는 호계처럼 내적 성찰을 택하는 대신 또다시 바깥으로 주의를 환기해버린 자신이 부끄럽기도 했다.

호계가 자신의 아버지를 찾아갈 무렵 시작된 한철 씨와의 연애는 예진에게 나날이 의문을 안기며 진행되고 있었고 호계는 작업에 매진한다고 했기 때문에 한동안 둘 사이의 연락은 자연히 뜸해졌다. 그래서 어느 날 호계에게서 새로운 그림을 완성했다는 톡이 왔을 때 예진은 반가운 마음에 직접 보고 싶다고 답을 보냈던 것이다. 그럼 우리 집 와서 보든가. 호계에게서 짧은 답신이 왔고, 그렇게 처음으로 예진은 호계의 집에 방문하게 됐다.

"집이 왜 이렇게 더워."

집에 들어서자마자 몸에 확 끼치는 후끈한 공기에 예진은 외투를 벗었다. 급하게 오느라 두꺼운 코트 안엔 반팔 티셔츠와 코듀로이 팬츠를 입고 있었다. 그러고 보니 호계도 반팔 차림이었다.

"추위 많이 탄다며. 기껏 보일러 튼다고 무리했더니." 호계가 가볍게 핀잔을 줬다.

호계의 집은 한눈에 보기에도 큰 가구나 장식 없이 여백이 대부분이었다. 흩어진 물건이라곤 작업실로 쓴다는 방에 펼쳐둔 이젤과 미술도구뿐이었다. 낡은 집이었지만 내부는 청결했고 손을 씻기 위해 들른 화장실의 수건은 모두 새것이었으며 싸한 물감 냄새 밑으로 근원을 알 수 없는 부드러운 머스크향이 느껴졌다. 뭔가 그리운 걸 떠올리게 하는 냄새였다. 작업에 집중해서였는지 호계의 얼굴은 수척했고 핏기가 없었지만 눈빛은 맑게 빛났다. 집에는 다양한 크기의 그림이 여기저기 아무렇게나 쌓여 있었다. 개중엔 메모처럼 휘갈긴 스케치도 보였고 더 공을 들인 것들도 눈에 띄었다. 무엇보다 재능을 과시할 생각이 전혀 없어 보인다는 점이 무척이나 호계다웠다. 부엌 테이블에 놓인, 막 배송된 듯한 종이상자 안엔 온갖 식재료가 들어 있었다. 애호박, 파스타면과 소스, 썬 김치, 두부, 알이 큰 체리토마토와 된장.

"이것들은 또 뭐야?"

예진이 상자를 뒤적이며 물었다.

"장봤어. 뭘 차릴까 하다가, 그냥 오버 같아서." 호계가 머쓱하게 말했다.

"별 걱정을 다 한다. 그림이나 보여줘."

예진의 말에 호계는 구석을 가리켰다. 호계의 손을 따라 예진이 고개를 돌렸다.

창틀에 커다란 캔버스가 하나 놓여 있었다. 예진의 숨이 멎었다. 찬란하다고밖에 표현할 수 없는 그림이었다. 황금색 하늘, 회적색 그림자, 물들고 있는 노을, 거대한 덩어리를 유지한 채 찬찬히 흩어지고 있는 구름. 웅장하다. 그런데도 작은 슬픔과 쓸쓸함이 밀려든다. 한참 동안 몸을 적시는 여운에 예진은 그림을 응시한 채 줄곧 고요 안에 머물렀다.

"너 두 번째로 만났던 날. 그때 본 하늘이야. 사진 찍은 것도 아닌데 이상하게 잊을 수 없는 하늘이었거든."

어느새 옆에 선 호계가 말했다. 나직한 목소리가 평소답지 않게 허스키했다. 바짝 다가선 팔이 스쳤고 반팔만 입은 탓에 호계의 잔털이 예진의 팔에 닿았다. 예진은 조심스럽게 호계를 훔쳐봤다. 그는 예진의 옆에서 지루해진 감상자처럼 자신의 그림을 바라보고 있었다. 예진은 그림을 향해 한 발짝 다가섰다. 가까이서 보자 구름 사이로 찍혀 있는 작은 점들이 눈에 들어왔다.

"이 점들은……."

"사람들." 호계가 멈춰진 예진의 말을 맺었다.

하늘을 올려다본 그림이 아니었다. 하늘 위에서, 구름보다 훨씬 더 위에서 땅을 내려다본 그림이었다. 그러니까 구름과 하늘 너머 펼쳐진 건 더 높은 하늘이 아니라 땅 위를 걷는 사람들이었다. 수많은 점 중 유독 두 개가 눈에 띄었다. 예진은 말을 삼켰다. 나와 너야? 그 질문은 끝내 입 밖으로 나오지 못했다.

서먹하게 가라앉은 공기 사이로 갑자기 생각지도 못한 것이 감지됐다. 예진은 불식간에 찾아든 상황이 낯설어 혼란스러웠고 나란히 서서 견디고 있는 이 긴 침묵이 어색하기만 했다. 덜컥 두려워진 마음에 예진은 아무렇지 않은 듯 화제를 돌렸다. 새로운 연애를 시작했노라고.

호계는 무심한 듯했으나 그가 던지는 말들은 사포처럼 예진의 마음에서 윤기를 앗아갔다. 예진은 호계의 비아냥이, 이 날선 대화가 무엇을 목적하는지 전혀 감 잡을 수 없었다.

대화는 점점 엉뚱한 방향으로 튀어 도원과 재인의 얘기까지 도마에 올랐고, 그렇게 얼마간 호계가 쏟아내는 이상한 얘기들을 듣고 있던 예진은 호계의 마지막 말에 견딜 수 없을 것 같은 기분이 되어 그의 집을 나오고 말았다.

"그런 것쯤은 알고도 넘어가는 게 진짜 사랑이겠지. 너도 그 정도 각오는 하고 끊임없이 누군가랑 시작하는 거 아니었나."

그 말은 비수처럼 예진을 찔렀다. 간신히 스스로를 속이려 했던 마음을 들켜버린 기분이었다. 그럭저럭 괜찮은 일상을 살아가는 척하고 있지만 실은 하나에서 열까지 자신이 선택한 연애에서마저 엉망진창인 현재 상태를, 내면으로의 집중이 두려워 외부로만 공전하는 어리석음을 우회해서 비판받는 느낌이었다.

또다시 찾아온 불면의 밤, 예진은 두 주먹을 꼭 쥔 채 미동도 않고 누워 있었다. 왜 삶은 이렇게 예기치 않은 방향으로 흐르는 걸까. 될 뻔한 연애를 불발시키고 멀쩡한 노트를 잃어버려서 이상한 친구를 만나게 하고 엉뚱한 사람과 자포자기한 연애를 시작하게 하고 설명할 수 없는 자괴감이 들게 하는가. 지난 몇 달간 일어난 일들의 근원을 어디서부터 찾아야 하는 걸까.

예진은 도원의 말간 얼굴을 떠올렸다. 한여름 연녹색 차양 아래서 일어났던 매일의 만남을 회상했다. 조금 전 호계에게 들은 비밀에 가슴이 심하게 두방망이질 쳤다. 재인의 얼굴. 아름답지만 어딘지 그늘졌다고 느꼈던 기운은 그래서였던 걸까. 정말로 그녀는, 도원과 정직하지 못한 관계를 맺고 있는 건가. 도원은 그것을 모르는가. 혹은 알면서도 묵인하고 용납하는가. 내가 알던 좋은 사람인 도원 씨는.

채 생각을 정리하기도 전 예진은 벌떡 일어나 전화기를 집어 들었다. 공중에 떠 있는 손가락을 인식하지도 못한 채 그녀는 이미 도원에게 전화를 걸고 있었다. 공백을 주기로 한 번씩 울리는 전화벨이 귓가에 서늘하게 내리꽂혔다. 받지 않으리라는 예상을 엎고 수화기 너머 도원의 음성이 들렸다. 예진은 더듬거리며, 꼭 전하고 싶은 얘기가 있다고 말했다.

예진은 이런 식으로 타인의 러브스토리에 빌런으로 등장할 생각은 없었다. 그저 좋은 사람인 도원을 좋은 사람인 그대로 지켜주고 싶었을 뿐이다. 하지만 예진이 생각했던 것처럼, 삶은 의지대로 흘러가지가 않는 법이다. 이 경우에도 그건 예외가 아니었다.

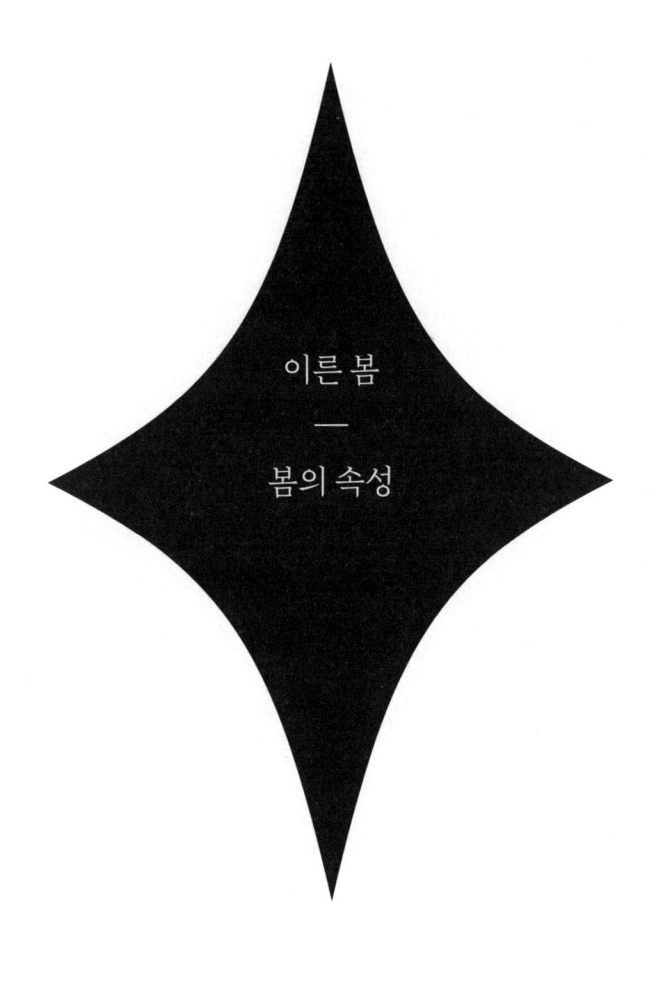

이른 봄
—
봄의 속성

17

재인은 에릭 로메르의 사진 아래에서 도원을 기다린다. 예술 영화 전용관의 한기에 통창을 넘어든 이른 봄햇살이 섞여 상쾌하다. 재인은 누군가를 기다리는 걸 좋아한다. 누굴 만나든 그녀는 약속시간보다 일찍 도착해 주변을 둘러보며 혼자만의 달콤한 시간을 가진다. 도원을 기다리는 오늘은 특히 개운한 마음이다. 재인은 한산한 홀을 거닐며 얼마 전 있었던 끝을 추억한다. 현조 씨와의 끝을.

그걸 가능하게 한 건 호계와 나눈 간단한 대화 덕분이었을 것이다. 호계는 처음 알게 됐을 때보다 많이 변했다. 말이 많아졌고 몰두하는 일이 생겼고 얼마 전 절연 상태였던 아버지를 만났다고 했다. 그런 이야기 속에는 어김없이 예진이라는 친구의 얘기가 곁들여지곤 했다. 도원과 관계를 시작하면서 예진에게 묘한 부채의식을 갖고 있던 터라 재인은 조심스럽게 물었다.

"그거 알아? 나 그 친구한테 미안한 거. 본의 아니게 나쁜 여자가 돼버린 것 같아서. 미안한데 미안하다고 할 수도 없고…….가게 와서 빵까지 먹을 땐 솔직히 조마조마했었어."

"신경쓰지 마요. 끊어질 관계니까 끊어진 거죠."

"……."

호계가 한마디 더 얹었다.

"그래서 다행이기도 하고요."

좋아하는구나. 재인은 소리 없이 웃었다. 호계는 머쓱한 듯 어깨를 움찔했다.

"저도 끊는 건 잘해요. 연결되는 걸 잘 못해서 그렇지."

"그래? 난 반대인데."

그러자 호계가 재인을 바라봤다.

"끊어야 될 건 얼른 끊어버려요. 안 그러면 앞으로 나아갈 수가 없어요."

그 말이 결정적이었다. 몇 날 며칠 재인은 현조 씨와의 설명할 길 없는 관계를 반추했다. 그리고 새삼 놀라고 말았다. 그를 떠올리면 따라붙던 '남편'이라는 단어가 어느새 낯설게 느껴졌고 현조 씨,라는 이름도 멀게만 느껴졌다. 그 지지부진했던 만남 속에서도 그를 불러본 기억이 희미하다는 걸 깨달은 재인은 이상한 기분에 사로잡혔다. 의미는 진작 증발했고 이제 호칭마저 사라졌다면 서둘러 관계를 끊어내야 하는 게 아닐까, 이제는, 진짜로…….

재인이 부모를 가장 이해하기 힘들었던 지점은 그들이 그 난리를 치면서도 끝내 한집에 살았다는 사실이었다. 부부였던 내내 둘은 전쟁 같은 상황을 치르고 난 다음날이면 아무 일 없었다는 듯 얼굴을 바꿨고, 그 패턴은 아버지가 돌아가시기 전까지 반복됐다. 그때 늘 두려움에 떨며 의문했던 재인이다. 왜 헤어지지 못하는 걸까. 왜 끝내지 않는가. 지금의 재인은 그들을 닮아 있었다. 끊는 게 두려워서, 끊지 못할 거란 생각으로 핑계를 대며 연결돼 있다. 미치와 루카에게도 그건 예의가 아닐 것이다. 현조 씨 가족의 사유지에 허락 없이 들어갈 수는 없었으므로 고민 끝에 재인은 현조 씨에게 연락해 미치와 루카를 만나러 가야 할 이유가 생겼다고 말했다.

동산엔 느릿느릿 봄이 오고 있었다. 재인은 꽃을 피울 준비를 하고 있는 벚꽃과 연녹색 잎을 내고 있는 소나무를 오래도록 바라봤다.

"미치와 루카는 늘 여기 머물러 있겠지. 난 언제까지나 이 애들을 그리워할 테고. 그렇지만 더 이상 이 동산에 꽃이 피는 건 볼 수 없을 것 같아. 꽃이 지는 것도."

갑작스런 재인의 말에 현조 씨는 놀란 듯 눈을 치켜떴다.

"이유 없는 고집으로 느껴질지 몰라도 꼭 여기서 제대로 말하고 싶었어. 헤어진 후에도 우린 이 관계를 제대로 정리한 적이 없잖아. 그래서 끝만은 제대로, 정식으로 마무리짓고 싶었어."

답 없이 고개를 돌려버리는 현조 씨의 얼굴을 보면서도 전혀 동요가 일지 않아 재인은 안심했다. 현조 씨는 한참 침묵한 후에 입을 열었다.

"변명이라는 거 알아. 근데 나로선 당신을 사랑하는 게 힘이 들었어. 분명히 사랑했고 계속 사랑하고 싶었는데도. 힘겨웠다는 게 아니라 '힘'이 들었어. 때가 되면 손으로 태엽을 감아야 하는 시계처럼 말 그대로 인위적인 노력이, 힘이 들어갔지. 그 버거움을 한 번 놓았을 때 실수했고 결국 이 꼴이 돼버렸지만."

말만 들으면 애초에 사랑하지 않았던 거라고 단정지을 만한 말이다. 하지만 재인은 현조 씨가 자신을 사랑했다는 걸 알고 있다. 설명할 길은 없다. 한때 분명히 그렇게 느꼈다는 것만이 유일한 증거다.

"우린 너무 많은 걸 외면했어. 상대뿐 아니라 스스로의 마음까지도. 그래서 껍데기만 남은 거야."

재인의 대답에 현조 씨는 한참 동안 고개를 숙이고 있었다.

"당신은 늘 내가 도달하기에는 좀 더 먼 곳에 있었던 것 같아. 쫓아가다가 방황하고 그러다가 자포자기했지. 그런데도 끝까지 내 손을 놓지 않는 걸 보면서 의아했어. 이제 당신에게도 그런 이유가 생긴 거겠지."

재인은 굳이 답하지 않았다. 근황을 알리지 않고 행복도 불행도 빌어주지 않은 채로 아주 담담히 헤어지고 싶었다. 어긋난 채로 후일담이 너무 길었던 관계였으니까.

"이제 진짜 안녕하자."

그날 재인은 많이 울었다. 어떤 의미였는지는 알 수 없었으나 밤늦게까지 울음이 멈추지 않았다. 그리고 아침이 되자 맑게 갠 하늘처럼 청명해졌다. 끊어냈다. 그러니까 다시 연결될 차례다.

저 멀리 도원의 실루엣이 나타났다.

재인이 좋아하는 영화는 〈내 여자친구의 남자친구〉. 의미에 충실한 번역이지만 '라미드모나미(L'ami de mon amie)'라는 명쾌하고 가벼운 원제에 비해선 너무 음절의 수가 많아 구구절절하게 느껴진다. 가장 좋아하는 장면은 거울 앞에서 실컷 울다가 문득 미소 짓는 주인공의 얼굴. 꼭 도원과 함께 보고 싶었다. 노골적인 의상의 색과 엔딩에서 블루와 그린을 교차로 입은 네 남녀의 모습도.

그러나 도원에게서는 예상했던 만큼의 열광이 느껴지지 않았다. 약속에 15분쯤 늦은 것부터가 그랬다. 티 나게 냉랭한 기류 속에 영화를 보는 도중 맞잡은 손에는 힘이 전혀 실려 있지 않아 수동적으로 느껴졌다. 연이어 상영된 〈녹색광선〉을 보면서도 마찬가지였다. 신비롭고 희망적인 영화의 결말과 대비되어 극장에서 나올 때쯤 재인과 도원 사이에는 서먹한 기류가 감돌았다.

"할 말 있으면 해."

저녁식사를 위해 들른 타이 레스토랑에서 재인은 속내를 드러내고 말았다. 도원은 앞에 있는 음식을 거의 먹지 않았고, 그건 재인에게 일종의 의견 표출로 읽혔다.

"먹지 않는 거, 멍하니 생각에 잠겨 있는 거, 그런 걸로 표현하지 말고 말로 해줬으면 좋겠어."

재인은 내심 도원이 놀라듯 아니라고 부정하길 바랐다. 그러니까 속이 안 좋다거나 일 때문에 정신이 없다는 답을 원했다. 그러나 도원은 답하는 대신 두 손을 깍지 껴 테이블 위에 올렸다. 그 제스처가 마음을 내어주지 않겠다는 빗장처럼 여겨져서 재인은 얼핏 서글퍼졌다. 마침내 도원이 입을 열었다.

"너무 갑작스러웠던 것 같아."

"뭐가?"

"우리의 시작 말야."

침착한 어조에 재인의 마음은 무너져내렸다. 이 균열을 봉합할 수 있을까. 자신 없었다.

"그렇게 생각하게 된 이유가 뭘까?"

"준비되지 않았다는 판단이 들었을 뿐이야. 나 말고, 재인 씨가."

작고 어두운 폭풍이 재인을 뒤덮었다. 도원이 이야기를 시작했다. 재인의 프라이버시라고 생각해 언급을 아꼈다는 작은 의구심들, 가게 앞에서 본 남자에 대한 목격담, 그리고 누군가에게 들어 결국 의문을 확신할 수밖에 없었다는 결론까지.

"그러니까, 사실인 거지? 아직 정리되지 않은 거란 게?" 도원의 마지막 말은 냉정하기 그지없었다. 이미 바뀔 수 없는 방향의 결론을 가지고 있는 말투. 달콤하게 혀를 감싼 레몬수의 끝맛이 무척 썼다.

"나한테 먼저 확인해보고 싶지는 않았어?"

재인이 물었다. 도원에게 이토록 가시 돋친 말투로 쏘아붙이는 건 처음이었다. 전 같았으면 물러섰을 재인이지만 이날만큼은 그러고 싶지 않았다. 그렇게 해서라도 알고 싶었다.

"좀 더 어렸다면 그랬을 거야. 그런데 이제는……. 뭔가를 물어서 확인해야 되는 거라면 준비가 안 된 관계라는 생각이 들어."

"도원 씨는 준비된 거 맞고?"

재인은 싸움이 될 수도 있는 말을 던졌다. 타이밍만큼 중요한 게 준비다. 그런 뜻에서 도원의 말은 타당했다. 하지만 모든 준비를 다 마치고 나면 그들에게 주어진 타이밍은 지나가버릴 것 같았다. 예전의 두 사람이 스쳐버렸던 것처럼.

"그렇다고 생각했었어. 재인 씨에 대해서 나는……. 백 퍼센트였어."

도원이 시선을 피한 채 무겁게 뱉었다. 가슴이 쿵 내려앉았다. 말의 내용보다 과거형의 시제 때문에. 그 말은 재인에겐 완전한 결별 선언으로 다가왔고 이어진 침묵의 시간 동안 서늘한 체념이 몸을 단단히 옥죄어왔다. 하나하나 설명하고 싶지 않았다. 산산조각 난 마음을 들키는 것보단 차라리 오해받는 편이 나았다. 도원에게만은 그러지 않으리라 굳게 결심했었는데, 어쩔 수 없이 방어기제가 습관처럼 발동했다. 남은 레몬수를 한 모금 더 마신 뒤 재인은 미소를 지었다.

"하나만 말할게. 도원 씨한테 예의에 어긋난 행동한 적 없어. 절대로, 단 한 번도. 적어도 도원 씨를 다시 만난 뒤로는. 그런데 오해할 수 있을 여지는 남긴 것 같아. 내 실수니까 사과할게, 진심으로."

도원이 재인을 바라봤다.

"어쨌든 늦어버린 것 같네. 미리 말해주지 그랬어. 그랬다면 서로 간에 시간을 허투루 쓸 일은 없었을 텐데."

도원의 반응을 기다리지 않은 채 그녀는 몸을 일으켰다. 자신이 먼저 그 자리를 빠져나올 수 있어 다행이라 생각했다. 도원에 대한 마음만큼은 진심이었기에 정말로 그랬다.

물론 그 뒤로도 재인은 잘 지냈다. 날이면 날마다 익숙한 빵 냄새를 맡으며 부드러운 미소로 손님들을 맞이했다. 재인의 생활은 모든 면에서 아주 적당하다. 가운데에 서서 하늘을 향해 팔을 뻗은 저울의 눈금처럼 그녀의 일상은 도도한 중립, 평온하고 자존감 높은 0이다. 겉보기에는 그렇다.

이 모든 일이 호계의 입에서 처음 발설됐다는 사실을 알게 된 뒤 재인의 마음은 차갑게 가라앉았다. 어떻게 그럴 수가 있는가. 믿었고 비밀을 말했다. 배신당했고 사생활은 저급한 방식으로 누설됐다. 내가 아끼므로 상대도 나를 존중해줄 거라 여겼던 순진함이 어리석게만 느껴졌다. 그래서 재인은 쿨하게 종지부를 찍었다. 도원과 호계를, 진심을 줬던 사람과 깊이 아꼈던 사

람을 급히 인생에서 몰아냈다. 그리고 어렵지 않게 잊을 수 있
을 거라 자만했다.

호계와 가깝던, 아니 가깝다고 생각했던 시절 무심코 뱉었던
말이 있다. 언젠가 호계가 일을 그만두게 되면 늦은 밤 블라인
드가 내려진 가게 창문 뒤에서 혼자 술을 마시고 있을지도 모르
겠다고. 그 말은 주문처럼 진짜가 됐다.

종일 태연한 얼굴이지만 오후 내내 재인의 가슴속에는 작은
불길이 간질댄다. 열정에 불타오르는 연인처럼 초조하고 다급
해져서 손님을 상대하다가도 문득문득 입술을 질끈 깨물곤 한
다. 하루 종일 머릿속에서 한 가지 생각밖에 나지 않는다. 밤이
되고 가게를 닫자마자 재인은 서둘러 블라인드를 내리고 주방
으로 달려간다. 구석진 찬장 안에 가지런히 놓아둔 천가방을 헤
집어 묵직한 유리병을 손에 쥐고 뚜껑을 돌려 딴다. 누군가와
함께 마실 때엔 와인이나 맥주를 즐기는 재인이지만 혼자 있을
때면 얘기가 달라진다.

눈 깜짝할 새 도수 높은 술이 입안으로 콸콸콸 쏟아진다. 전
기가 오르듯 목 안쪽의 타는 느낌이 내장까지 단숨에 전달되면
곧바로 두 번째 잔을 채워 입에 넣는다. 신 침이 고여 첫 잔보다
는 속도가 느리지만 이미 피 안에 도는 알코올의 기운이 느껴진

다. 그렇게 몇 모금을 멋도 없이 들이붓고 쓴맛을 지워내기 위해 소금이 잔뜩 뿌려진 크래커를 씹는다. 단맛이 나고 눈앞의 세상이 투명 셀로판지를 낀 듯 왜곡되기 시작한다. 그러면 몸의 근육이 부드럽게 이완되면서 재인의 표정도 가볍게 풀어진다. 그제야 세상이 조금 살 만하게 느껴진다. 조심하거나 단속할 필요 없이, 내키는 대로 살아도 된다고 생각하게 되는 것이다. 잠깐이나마 꼬인 실타래 같은 인생을, 병든 엄마를, 오래전 사라진 남동생을, 외롭고 쓸쓸한 미래를 생각하지 않아도 괜찮다.

하지만 애석하게도 행복의 시간은 짧다. 알코올은 몸을 기분 좋게 위로하다가도 임계점을 넘는 순간 돌변하여 정신을 희롱한다. 몸은 의지를 떠나 제멋대로 움직여지거나 움직여지지 않게 되고, 기억의 방은 무작위로 헤집어진다. 죽은 남동생이, 소리치는 아버지가, 노쇠한 엄마가, 배신한 현조 씨가 떠오른다. 그리고 마지막으로 보았던 도원의 차디찬 표정이. 결국 재인은 웃어야 할 기억 앞에서 울고 울어야 할 기억 앞에서 웃고 만다.

오늘도 재인은 일찌감치 가게를 마감하고 또다시 진한 호박색 액체와 마주앉았다. 그런데 막상 잔에 담긴 술을 보자, 이상한 기분이 들었다. 왜였을까. 재인은 한 잔을 입안에 털어넣었지만 강하게 망설여지는 느낌을 지울 수 없었다. 외면하고 있던 생각이 안에서 꿈틀댔다. 이렇게 무언가에 끌려가는 건 싫다고. 하지만 어떻게 해야 할지도, 무엇을 원하는지도 알 수 없었기에 재인은 고집 부리듯 두 번째 잔을 몸속으로 빠르게 흘려넣었다. 싫다는 생각이 한층 더 강해졌다. 재인은 세 번째 잔을 따른 상태였지만 잔을 입으로 가져가지 않고 가게 입구로 다가가 문을 활짝 열었다.

봄밤이 가게 안으로 성큼 들어섰다. 봄밤. 고소한 냄새가 실린 봄밤. 준비된 것도 없는데 늘 무언가가 시작되려 해서 불안한 봄밤. 손끝이 차가웠고 머리가 지끈지끈했다. 지도 없는 혼란한 세상이 펼쳐져 있었다. 그럼에도 불구하고 그곳으로 나가야 한다는 생각이 들었다.

나는 나가야 한다, 누구의 힘도 아닌 내 힘으로. 끊어내야 한다. 재인은 그렇게 중얼거리며 실눈을 뜨고 문에 기대섰다. 소리없이 봄눈이 내리고 있었다. 깨닫지도 못한 사이 소복이 쌓인 눈은 아늑한 이불처럼 세상을 품고 있었다. 재인은 그 위로 발자국을 찍어보고 싶었다. 가보지 못했으나 늘 그리웠던 곳으로 발 딛고 싶었다. 불안하고 두려워서 한 번도 도달하지 못했던 이상한 봄밤의 세계로.

18

 재인에게 날 선 말을 던진 뒤, 도원은 그의 고치 같은 아파트에서 몇 날 며칠을 앓았다. 항상 그랬듯 앓으면서 정시 전에 출근했고 앓으며 야근했다.

 지금 작업 중인 영화는 오랜만에 재회한 두 남녀가 쌓아가는 감정을 그린 멜로 영화다. 실제로도 연인 관계인 두 주연 배우 덕분에 찍기 전부터 화제가 됐었는데 영화를 찍는 도중 둘 사이가 틀어져서 현장이 엉망진창이었다고 들었다.

 후반 작업 업체에서 일하는 도원은 현장에 갈 일이 없어 현장에서의 에피소드는 늘 알음알음으로 전해듣는다. 그가 동시녹음 소스를 통해 본의 아니게 엿듣는 현장의 비밀스러운 힌트들만큼이나 생생한 정보들이다. 어쨌든 서로 사랑을 확인하는 클라이맥스 롱테이크 신을 찍기 전날이 두 배우가 실상 결별한 날로, 밤새 숙소에서 고성방가와 울음소리가 그치지 않아 스탭들은 초긴장 상태였다. 다음날, 촬영은 여배우의 눈에 오른 부기가 빠질 동안만큼 지연됐고 어렵게 촬영 허가를 받은 인사동 거리의 수많은 보조 출연자는 마냥 대기했으며 피디와 감독은 이러지도 저러지도 못한 채 배우의 눈에 얹어진 얼음주머니가 제구실을 해주기만을 목 빠지게 기다렸다. 시간이 동나기 시작했고 서로를 그윽하게 바라보며 떨리듯 고백해야 하는, 이 장면을 위해 영화를 찍는 거라 해도 과언이 아니라던 감독의 야심찬 신은 주변 통제가 전혀 안 되는 상황에서 무너져가고 있었다. 실제와는 정반대인 배우들의 감정선으로 인해 제대로 찍힐 리가 만무했다. 연이은 엔지 속에 대사가 엇나가지 않고 모든 합이 얼추 맞은 컷은 한 컷뿐이었는데 그나마도 지나가는 소방차 소리가 처음부터 끝까지 요란하게 들어가 오케이컷이라고 볼 수도 없었다.

결국 촬영이 끝난 후 공식 결별을 선언한 두 배우는 몇 달이 지나 각기 다른 날 싸늘한 분위기를 풍기며 ADR을 하러 왔다. 도원의 임무는 그 한 컷뿐인 엔지컷을 오케이컷으로 만들어내는 일이었다. ADR은 그럭저럭 마쳤으나 다른 스탭들과 마찬가지로 도원 역시, 어떻게 해도 이 신이 원래 목적했던 바의 감정을 신기는 틀렸다고 생각했다.

오늘 그는 음악감독이 보내준 음악을 처음으로 듣는다. 음악
감독은 원래 2인조 힙합그룹에 속해 있던 1세대 아이돌 출신인
데, 영화음악은 처음이라고 들었기에 별로 기대는 하지 않았다.
도원은 어두운 믹싱 스테이지에서 음악을 틀어놓고 피곤한 몸
을 의자에 기댔다.

기타 선율이 허공에 느슨히 울리고 느릿하게 피아노가 뒤를
따랐다. 잔잔하고 아름다운 음악이 공간을 채워나간다. 공백을
메우는 기타와 묵직하고 투명한 피아노가 주고받는 편지 같은
선율. 도원은 자신도 모르게 고개를 들어 스크린을 채운 남녀를
바라봤다. 아는 사람에게만 보이는 흔들리는 눈빛, 감춰진 진
심, 그리고 연기 뒤에 숨겨놓은 복합적인 감정을 예술로 만들어
주는 음악. 역시 진정한 태고의 예술은 음악뿐이라는 생각을 하
며 도원은 그가 거쳐온 수많은 만남과 이별을 추억했다.

재인의 얼굴을 떠올리자 가슴 한편이 저릿해졌다. 어쩌면 이
렇게 될 것을 처음부터 알고 있었던 건 아닐까. 그녀와 함께하던
더할 나위 없이 안온했던 순간. 그 평화의 찰나에 도원의 어딘가
에선 늘 연기 같은 불안이 새어나왔었다. 오랫동안 잊고 있던 기
분이 왜 하필 가장 행복하고 충만하다 느낄 때 찾아왔던 걸까.

재인의 손을 잡으면 갈 수 있을 것 같았다. 민영의 죽음을 경험

하기 전, 좋은 사람이라는 주변의 평가에도 생각 없이 웃을 수 있던 시절, 그러니까 사랑을 사랑으로만 받아들였던 시간으로.

도원에게 재인은 회귀였다.

도원이 결혼했었다는 사실을 아는 사람은 많지 않다. 재인에게는 말했지만 결혼생활이 어떻게 끝났는지는 밝히지 않았다. 숨기기 위함이 아니라, 기억을 건져올려 대면할 용기가 없어서였다. 때로는 감당할 수 없을 정도로 커다란 일들이 순식간에 벌어지고 알 수 없는 일들이 눈앞을 아득히 흐린다. 사랑도 죽음도 그러하다.

후배였던 민영과 함께한 시간은 고작 2년이었다. 그 2년을 위해 두 사람이 영원한 사랑을 맹세했었다는 걸 이제 와서 누가 믿을 것인가. 아직 신혼의 달콤함이 한창이던 무렵 암세포는 젊은 민영의 육체를 좀먹고 있었다.

병은 영혼을 추악한 방식으로 지배한다. 정신이 꺼져가고 육체는 한 올씩 벗겨져나가며 변질한다. 그리하여 마침내는 사랑했던 사람이 완전히 다른 이가 된다. 정신도 육체도 낯선 이의 것으로 채워져 간다. 그렇게 빛이 바래기 시작한 사랑은 점차 죄책감 어린 책임으로 모습을 바꾸기 시작했다.

도원은 종종 민영이 눈치챘다고 생각했다. 지친 눈빛과 벗어나고픈 마음, 탁하고 피로한 숨결을. 그는 자주 자신이 민영의 어떤 부분을 사랑하고 있는 것인지 비밀스럽게 의문했다. 민영은 도원을 담대하게 대하다가도 고통이 극에 달하거나 진통제로 정신이 혼미해지면 듣기 거북한 말들을 쏟아냈다. 왜 나만 아파야 하냐고, 당신도 같이 죽어버리라고. 가까스로 억눌렀던 잔인한 진실들을 감당하기 힘든 방식으로 실토했다. 도원은 묵묵히 견뎠고 민영을 달래기 위해 거짓말을 많이 했다. 그건 더 이상 사랑이 아니었다. 가만히 앉아 타인의 소멸을 목도하는 걸 사랑이라고 부를 수는 없었다.

민영이 떠난 뒤 도원은 자신이 느끼는 감정 안에 후련함이 있다는 사실을 깨닫고 소스라쳤다. 생활은 계속됐고 도원은 놀라우리만치 잘 극복해냈다. 극복이라기보단 일상의 회복이었다. 그는 밥을 먹고 잠을 자고 가벼운 산책을 하고 새로운 계약서에 사인을 했다. 친한 친구들은 도원이 쓸쓸하고 외로울 거라고 짐작했다. 물론 그랬다. 하지만 도원은 쓸쓸함이 애초에 삶의 동반자라고 여기는 사람이다.

어느 날 술 취한 친구가 민영이 그립지 않느냐고 아픔을 나누듯 물었을 때, 도원은 무겁게 고개를 끄덕였다. 그러나 그가 사랑했던 모습 그대로의, 살아 있는 민영만이 그리웠다. 아픈 민영은 조금도 그립지 않았다. 죽음과 가까운 민영을 그는 사랑하지 않았다. 사랑할 수 없었다. 사라져주길 바랐다. 어쩌면 쭉 그랬을 것이다.

죽기 전 민영은 도원에게 꼭 좋은 사람을 만나라고 했다. 그말대로 얼마간의 시간이 흐른 뒤 도원은 누군가와 연애를 시작했다. 의도와 달리 삶이 그를 그렇게 이끌었다. 그렇지만 새로운 연인과 관계를 이어갈 때에도 가슴 깊은 곳엔 먹구름 같은 회의감이 낮게 깔려 있었다.

시작과 동시에 도원은 늘 끝을 생각했다. 설레야 할 때도, 절정이어야 할 때도, 극복해야 할 때도 끝이 그려졌다. 사랑은 어쩔 수 없이 죽음을 연상시켰다. 그 무수한 과정을 거쳐 도원은 마침내 사랑과 죽음은 등가라는 공식에 다다랐다. 부정하고 싶었기 때문에 그는 한 번도 먼저 이별을 입에 담은 적이 없다. 그래서인지 농담으로라도 끝을 얘기하는 연인에겐 단번에 마음이 식었다. 수민과의 이별이 어렵지 않았던 이유도 그 때문이었을지 모른다. 끝을 연상시키는 관계를 그는 용인하지 않았다. 그렇게 도원의 결론은 점점 굳어져갔다. 사랑이 뒤틀린 시간을 만나면 죽음이 되는 거라고.

지난 여름, 햇살은 눈부셨고 대기는 건조했다. 도원은 아지랑이에 홀리듯 여름을 닮은 예진에게 짧게 마음이 쏠렸었다. 예진을 마주치면 반짝이는 느낌을 받았지만 그 눈부심이 너무 쾌활해 그를 물러서게 했다. 재인이 나타나지 않았더라도 더 깊어지지는 않았을 것이다.

초여름의 서랍 속에만 존재하던 예진이 도원에게 할 말이 있다며 연락을 해왔을 때, 도원은 처음으로 예진에게서 그늘을 느꼈다. 듣고 싶지 않은 얘기가 나올 것 같다고 예감하면서도 그는 다음날 예진을 마주 보고 있었다. 예진이 무거운 입을 뗐다. 재인에 관한 이야기, 정리되지 않은 어떤 관계에 대한 누설이었다. 놀랍고 역겹고 듣기 힘든 말. 결국 도원은 말을 끊었다. 전에 없이 성난 말투였다.

"지금 이런 얘기를 나한테 왜 하는 거죠?"

예상한 답이었다는 듯 예진이 숨을 폭 내쉬었다.

"아셔야 할 것 같아서요."

"예진 씨가 무슨 자격으로요?"

도원은 눈썹에 힘이 들어가는 것을 느끼면서도 말을 멈추지 않았다.

"무슨 자격으로 다른 사람의 얘기를 이렇게 옮기고 다니는 건데요. 마치 예진 씨는 누군가에게 부끄러운 일을 한 번도 해본 적 없는 것처럼."

도원은 화를 내고 있었다. 불같이 무섭게. 도를 넘고 있다고
느낄 때까지 멈추지 않고 심한 소리를 쏟아냈다. 다시는 이런
일로 연락하지 않았으면 좋겠다고 낮은 목소리에 분노 서린 경
고를 담으며 먼저 자리를 뜬 것도 그다.

사실 도원은 대화의 초반부터 이미 알고 있었다. 재인을 보호
하려고 화내는 게 아니었다. 그가 소리치는 이유는 자신 안에서
무언가가 빠져나가는 걸 막기 위해서였다. 그렇다면 이 분노는
사랑에서 오는 것일까 아니면 자기기만에서 오는 것일까.

허연 입김을 내뿜으며 도원은 거리를 한동안 방황했고 그러
느라 손이 얼어가고 있는 것도 거의 느끼지 못했다. 조금 전까
지 호통치듯 내뱉던 숨결은 공허한 숨으로 채워져 몸이 진동하
듯 들썩였다. 뭐가 뭔지 분명히 말할 수는 없었다. 다만 무언가
가 손쓸 수 없을 만큼 퇴색돼버렸다는 것만은 알 수 있었다. 재
인이 남편과 아직도 관계를 잇고 있다는 예진의 얘기를 듣는 내
내 도원의 머릿속엔 민영이 떠올랐다. 죽음도 삶도 아닌, 가면
을 쓴 관계. 자신이 가장 경멸하는 모습을 재인에게서 보게 된
다는 게 견딜 수 없었다.

그래서 마지막으로 재인을 보던 날 도원은 감정을 에두를 예
의도 차리지 않았다. 여태껏 숱한 연인들에게 그러했듯 재인이
자신을 버릴 수밖에 없게 했다. 실은 자신이 버리는 것이지만

끝까지 버려지는 기분이 들도록. 최소한의 면죄부를 얻을 수 있도록 말이다. 그리고 나서는 정말로 자신이 버려진 것처럼 계절이 끝나갈 때까지 괴로워했다.

우습게도 도원은 길모퉁이를 지날 때마다 재인을 마주치는 상상을 했다. 우연이 둘의 관계를 다시 운명으로 이끌어주기를 바보같이 바랐다. 그로서는 이런 경험이 처음이었기에 도원은 적잖이 당황했다. 도원에게 있어서 끝은 언제나 끝을 의미했다. 끝을 말한 연인을 다시 그리워해본 적 없는 그다.

하지만 재인만큼은 달랐다. 이상하게 자신이 가진 패턴대로 따라가지지가 않았다. 저항할 수 없는 힘에 이끌려 베이커리 근처 먼발치에서 재인을 지켜본 날도 몇 차례 있다. 투명한 차창 너머 보이는 재인은 언제나처럼 차분했다. 함께 일하던 남자 알바생이 얼마 전부터 보이지 않는 것으로 보아 이제는 혼자서 베이커리를 꾸리는 것 같았다.

재인은 정갈한 앞치마를 두르고 얼굴엔 윤기 흐르는 적절한 미소로 손님을 맞이한다. 상처라곤 받아본 적 없는 것 같은 표정으로, 아무렇지 않게. 과연 재인에 대해 얼마나 알고 있었던 걸까. 그리고 나는 이 관계에서 도대체 무엇을 확인하고 싶은 걸까.

난 당신이 어떤 사람인지 전혀 알 수가 없어.

오래 묻어뒀던 민영의 목소리가 귓가에 들리는 것 같았다. 끔찍하게 발효된 어떤 감정이 도원을 짓눌렀다. 그가 가장 이해할 수 없던 사람은 늘 자기 자신이었다. 민영의 죽음이 두려우면서도 그녀가 떠난 뒤 죄책감 어린 홀가분함에 괴로워했다. 늘 먼저 관계를 끝냈으면서 끝을 끔찍하다고 여겼다. 이 모든 사실을 재인에게 말하지 않은 채 비밀로 간직했으면서 재인의 비밀을 알게 된 뒤 상대의 이야기조차 듣지 않고 이별을 고했다. 그러고는 이율배반의 대가로 모순을 끌어안은 채 아파한다……. 도원은 자기혐오에 가까운 감정을 견뎌내며 봄을 외면하듯 어두운 작업실에만 머물렀다.

어느 봄눈 내리던 밤, 도원은 집으로 가려던 걸음을 돌렸다. 의식하지도 못한 사이 그는 재인의 베이커리로 향하고 있었다. 그저 지나쳐보고 싶었을 뿐이다. 그런데, 멀리서 간판이 눈에 들어온 순간 갑자기 베이커리의 문이 활짝 열렸다. 재인이 가게 밖으로 나왔다. 그러곤 누군가를 기다리듯 열린 문에 기대섰다. 도원의 가슴이 두방망이질 쳤다. 저 열린 문은 무엇을 암시하는 것일까. 만회할 수 있는, 돌아가서 무언가를 고칠 수 있는 기회일까.

 아직 도원을 발견하지 못한 재인은 풍경에 압도된 듯 문에 기대 서 있었다. 도원은 두 사람 사이에 내리고 있는 희고 고운 눈을 바라봤다. 이 길을 건너 재인에게 갈 수 있을까. 모든 것을 다시 처음으로 돌릴 수 있을까. 도원은 한없이 망설였고 그사이 어느새 봄의 마지막 눈은 소리 없이 멎어 있었다.

19

호계는 더 이상 베이커리에 나가지 않는다. 한동안 쉬던 그는 '사무실'에서 일해보고 싶어 포트폴리오를 몇 개 제출하고 한 가구회사의 VMD팀에서 파트타임으로 일하고 있다. 주에 두세 번 매장에 나가 디스플레이를 돕는 일이라 어려울 건 없다. 매뉴얼대로 해야 하기에 예술적인 자율성이 적다는 단점은 있어도 짜여진 틀 안에서 미적 감각을 펼쳐보는 것도 꽤 재미있다.

새 가구들이 뿜어내는 특유의 냄새를 맡고 있다 보면 종종 재인과 베이커리의 고소한 냄새가 그립다. 호계에게 베이커리에서의 시간은 목적도 목표도 없던 시절 우연히 몸담았던 일종의 공백기였다. 그랬기에 본격적으로 그림이나 미술과 관련된 일을 하고 싶어진 후엔 슬슬 그만두려 생각하고 있던 차였다. 그렇지만 그렇게 급작스럽게 찜찜한 방식으로 그만두게 될 줄은 몰랐다.

처음으로 알바 시간에 늦었던 날, 호계는 전에 없이 굳은 재인의 표정이 자신의 지각 때문이라 생각했다. 그러나 종일, 가게 정리가 끝날 때까지도 묘하게 정적인 분위기가 이어졌다. 어떤 말이 던져지기 위한 고요라는 게 느껴졌다.

"알고 있을지 모르겠지만 나는 호계 씨를 동생처럼 생각했었어."

에이프런을 벗고 있을 때 재인이 운을 뗐다.

"내 얘기를 들려준 것도 그런 이유에서였을지 몰라. 물론 내 실수였지만."

무슨 말인지 알아채기까지는 약간의 시간이 필요했다.

"그렇다고 하더라도 이 작은 공간에서 별뜻 없이 흘려버린 얘기가, 한 사람을 지나 두 사람을 거쳐 다시 내 귀에 들리게 되는 건, 정말이지 당황스럽네……."

재인의 어조엔 미세한 떨림도 없었다. 바로 그 점에서 오히려 많은 고민과 결심 끝에 나온 말이라는 걸 알 수 있었다. 재인은 담담한 척했으나 얼굴이 그늘져 있었고 낭랑하고 분명한 어조엔 친밀한 사람만이 느낄 수 있는 짙은 화가 담겨 있었다. 호계는 최선을 다해 사과하려 했지만 자신이 듣기에도 성의 없는 짧은 변명만 튀어나왔다. 스스로가 서툰 사람이라고 느껴지는 게 유쾌하지는 않았다.

"어떻게 하면 될까요. 내가 일을 그만두면 편해질 것 같아요?"

결국 호계는 재인에게 결정을 돌렸다. 예상하지 못했던 말이었는지 재인은 눈썹을 올리곤 고집스럽게 그를 응시했다.

"응. 그러는 편이 좋겠어. 되도록 빨리."

침묵의 끝에 재인은 그렇게 말했다. 호계는 고개를 끄덕였고 그것으로 둘의 관계는 일단락됐다.

예진에게선 연락이 없었고 그 사실은 당연스럽게 느껴졌다. 스스로가 한심할 뿐 예진이 원망스럽지는 않았다. 말을 옮긴 대가로 페널티를 받는 게 어떻게 보면 당연했다. 그래도 혼란스러웠다. 몇 마디 말이 일파만파 퍼져 믿음이 깨지고 관계 사이에 영원한 거리가 생긴다는 게. 예진이 도원에게 말한 게 의외였고 뒤이어 씁쓸한 기분이 들었던 것도 사실이긴 했다. 그대로 도원에게 달려가 전할 만큼 아직까지도 그를 생각했던 건가. 그 질문을 안은 채 호계는 시간을 흘려보냈다. 겨울처럼 모든 게 단절된 상태로.

알던 것들과의 단절은 새로운 인연의 시작으로 이어지는 것일까. 이른 봄, 호계는 뜻하지 않은 관계의 소용돌이에 휘말렸다. 상대는 세 살 연하의 정아였다. 출장을 나갈 때마다 동행했던 정아는 머리가 아주 짧은데다 말투도 툭툭 던지듯 하는 톰보이 스타일이었다. 심하다 싶을 정도로 털털하고 터프한 반면 호계를 꼬박꼬박 오빠라고 칭했고 가끔은 너무 세심하고 여려서, 한마디로 파악이 잘 안 되는 캐릭터였다. 다른 사람들에겐 놀라울 정도로 직설적이었고 화를 참지 않는 성격이라 나이가 어려도 그녀를 함부로 대하는 사람은 없었다. 하지만 정아는 호계의 말엔 유독 잘 웃어줬고 작은 일상들—그러니까 비오는 아침 우산을 챙기라거나, 주말 동안 밥은 잘 먹었느냐는—에 소리 없이 침투했다. 호계는 정아에게 이성으로서의 관심이, 미안하지만 털끝만큼도 없었기 때문에 한동안 정아의 행동에 무신경한 채로 그저 적당히 잘 통하는 동료를 만나 다행이라고 생각했을 뿐이다. 그리하여 어느 저녁 퇴근길, 정아가 같이 밥을 먹자고 했을 때도 의심 없이 응했던 것이다.

"오빠 뭐 먹을래요?"라는 질문에 호계는 "아무거나"라고 대답했지만 정아는 집요했다. 전철역 한 정거장 거리를 걷는 내내 정아는 호계의 취향에 대해 물었고, 어떻게 보면 그 대화 자체를 즐기는 듯했다. 결국 호계가 떠오르는 대로 김밥,이라고 말한 뒤 그들은 형광등이 수십 개는 달린 것 같은 눈부신 프랜차이즈 김밥집에 앉게 됐다.

처음엔 일에 대해 얘기했지만 마주 보고 있자니 별로 할 말이 없었다. 평소보다 볼이 발간 정아는 어딘가 피곤해 보였는데 말끝마다 오빠,를 붙이는 통에 호계는 차츰 귀가 따가워질 지경이었다.

"저기 있잖아."

"네, 오빠?"

"오빠 소리는 빼는 게 어때."

"오빠 맞잖아요." 정아가 볼멘소리로 답했다.

"어, 그렇긴 한데. 말끝마다 오빠 소리가 좀. 그래서."

"그래요? 난 오빠 좋은데."

"어?"

"오빠라고 부르는 거 좋다구요."

정아가 마지막 김밥을 우물거리며 말했다. 호계는 식은 국물을 입안에 털어넣었다.

"가자."

정아가 고개를 푹 떨궜다. 그러곤 낮고 음울하게 웅얼거렸다.

"나 오빠 좋아하는 거 알아요?"

잠깐의 침묵.

"오빠라고 부르는 게 좋다는 거지?"

호계가 물었다. 갑자기 정아는 화난 표정이 됐고 호계는 과도하게 표백된 형광등 빛 아래 막 사라진 김밥 두 줄과 라볶이 앞에서 벌어진 믿을 수 없는 대화를 되새겼다. 김밥집을 나와 헤어지기 직전까지도 대화는 오가지 않았다. 정아가 모퉁이를 돌기 직전 호계는 복잡해진 마음으로 그녀를 불러 세웠다.

"저기 혹시, 혹시 뭐 그런 거라면, 나 별로 좋아할 만한 사람이 아닌데."

"왜요 오빠?"

"아, 여러 가지로. 뭐랄까. 아무튼."

호계는 어떻게 말해야 좋을지 몰라 더듬었다.

"오빠."

정아가 홱 고갤 쳐들었다.

"어?"

"나 무시하지 마요."

"그게 무슨……."

"방금 한 말, 내 마음을 무시하는 말이잖아요. 오빠가 좋은 사람이든 아니든 그건 오빠 판단이지 제 판단이 아니고요. 오빠 좋아하는 마음은 내 껀데 그것까지 오빠 마음대로 비난하지 마시라고요. 그러니까 그런 거 말고 차라리 솔직하게 얘기해요."

호계는 정말로 당황해 미간을 찌푸렸다. 그는 이런 경우 어디까지를 진지하게 받아들여야 할지 짧게 계산하려 했다. 하지만 솔직하게 말해달라고 했으니까 솔직하게 말하는 게 낫겠다 싶어 입을 뗐다.

"음, 난 네가 날 안 좋아했으면 좋겠어."

"부담스러워요?"

"응."

"…….."

"그리고……. 좋아하는 사람도 있고."

말해버리고 말았다. 당사자에겐 한마디도 못했으면서.

"……그래요? 전혀 눈치 못 챘는데."

"그럴 거야. 요샌 연락을 잘 안 해서."

"바보네, 오빠도."

"본 지 오래됐거든. 실수를 해서."

"보고 싶어요?"

"응."

정아가 호계를 쏘아봤다.

"이제 그만해요. 솔직하게 말하랬지 누가 사람 바보로 만들래요?"

"난 네가 솔직하게 말하라고 해서……."

208

말을 맺기도 전 이미 정아는 멀어져가고 있었다. 어느 부분에서 실수한 건지 헷갈려서 멍해졌다. 편하다고 생각했는데 한순간에 어려운 사람이 돼버렸다.

나도 누군가에게 그랬을까. 호계는 작아져가는 정아의 굳은 어깨를 보며 반문했다. 그 당돌한 말투와 고집스런 걸음이 부럽기도 했다. 누군가에 대한 마음을 속이지 않고 말하고 표현할 수 있는 용기가. 그러고 보면 예진도 그랬지, 그 사람에게…….

시선에서 정아가 사라지기 전 호계는 발걸음을 돌렸다. 바로 다음 순간 정아가 뒤돌아서서 무너지는 마음을 부여잡은 채 호계의 뒷모습을 오래도록 바라보았다는 사실은 영원히 알지 못한 채.

집으로 돌아오는 길, 호계의 마음에 정아는 이미 사라지고 없다. 정아의 말대로, 마음의 방향은 자신만의 것이니까 잔인해도 어쩔 수가 없는 거다. 오히려 정아와의 대화로 인해 호계는 묻어뒀던, 잊으려 했던 예진을 떠올리고 있었다. 그는 거리와 지하철 안, 버스에서 스치는 수많은 사람 중 자신이 단 한 사람만을 그리고 있다는 것을, 돌이켜보면 늘 그래왔음에 새삼 놀라워한다. 그 사실을 제외하고 나면 이 세상 대부분의 일들이 놀랍지 않다.

겨울이 봄으로 덮여갈 때까지 호계는 줄곧 그림만 그렸다. 한때는 앙상한 풍경이 전부였던 그의 그림 안엔 이제 사람들이 빼곡하다. 거리를 걷는 사람들. 도시의 밤, 정적을 깨뜨리는 수많은 발걸음들. 무표정하게 걷거나 스마트폰을 들여다보며 웃거나 뭔가를 먹거나 이야기를 나누는 수많은 이들. 하나하나 다른 마음과 생각으로 살아가고 있는 사람들…….

나는 누구와 연결돼 있을까.

내내 그 질문을 안은 채 호계의 연필과 붓은 점점 세심하게 낯선 사람들을 담아내기 시작한다. 전에는 연애나 사랑이 의미 없이 흔해 빠진 거라 생각했다. 허나 이제 호계는 사람 사이에 맺는 관계라는 건 자기 자신이 확장되는 것임을 깨닫는 중이다. 언제 어디서 누구와 연결될지는 알 수 없다. 분명한 건 단 하나, 언제고 끊어질 수 있는 관계를 수없이 맺으며 살아가게 될 거라는 점이다.

그럼에도, 화폭을 채운 사람의 수가 많아져도 호계가 바라는 답은, 그가 연결되고 싶은 단 한 사람의 이름은 결코 바뀌지 않은 채 또렷해지기만 한다.

그러나 호계는 여전히 서툴기 짝이 없는 사람이었다. 그러므로 계절이 마법을 부리기 전까지 그는 언제까지고 겨울 안에 머무는 수밖에 없었다.

20

예진은 지난 몇 계절의 자신을 이해하거나 용납하기 어렵다. 감정의 폭풍에 휩싸인 십대처럼 지냈다. 바보같이 굴고 있다는 생각에 괴로웠음에도 불구하고 예진은 그 모든 것을 멈출 수 없었다. 호계에게서 들은 얘기를 도원에게 옮겼고 결과적으로 도원과 재인이 헤어졌다. 그리고 그 뒤로 호계와 봄이 다 가도록 연락이 끊겼다.

우울감에 빠진 예진에게 한철 씨가 무슨 일이냐고 물었기 때문에 예진은 용기를 내 그에게 그동안 있었던 일들을 쭉 얘기했다. 예진의 이야기를 다 들은 한철 씨는 정말 궁금하다는 듯, 그러니까 기한에 앞서 고금리 적금을 해약한 고객의 사정을 묻듯 눈을 동그랗게 떴다.

"왜 그런 거죠?"

예진은 반쯤 어리둥절해져 네? 하고 되물었다. 스스로도 답을 알고 싶었지만 그걸 묻는 한철 씨의 표정이, 그에게서 새어나오는 한숨과 헛웃음 사이의 숨결이 서운한 마음을 품게 했다.

"예진 씨랑 상관도 없는 일에 참견하는 게 예진 씨에게 무슨 도움이 됐느냐고요."

이번에는 아이들에게 지친 상담교사 같은 말투로 한철 씨가 바꿔 물었다. 한철 씨의 말에 악의는 없었다. 그는 어떤 일이든 자신에게 도움이 되는지와 안 되는지로 나누었는데 바로 그 경제성이 예진을 질리게 만들었을 뿐이다. 그렇지 않아도 폭발할 것 같았던 예진의 마음은 눈물이 되어 밖으로 쏟아져나왔다.

"난 말이죠 한철 씨, 그냥 내 얘기를 한 거예요. 오늘은 잘 지냈느냐고 인사를 주고받는 것처럼 내 얘기를 들려주고 한철 씨 생각을 듣고 싶었을 뿐이라고요."

"음." 한철 씨가 침을 삼키는 소리가 들렸다.

아직 연애를 시작하기 전, 예진은 한철 씨에게 어떤 스타일을 좋아하느냐고 물은 적이 있었다. 한철 씨는 '어떤 사람이 좋다' 보다는 '어떤 사람이 싫다'에 대해 길게 설명했는데, 그중 대표적인 게 '우는 사람'이었다. 다른 건 몰라도 연애에 있어서 우는 모습을 보게 되면 혼란스러워진다며, 웃음 섞인 경고처럼 "예진 씨는 안 울죠?"라고 확인하던 한철 씨다.

그랬던 한철 씨 앞에서 예진이 뚝뚝 눈물을 흘린다. 그들은 한철 씨가 전부터 오자고 여러 차례 얘기했던 터키음식점에 와 있었다. 예진의 말이 시작되기 직전까지 한철 씨는 그 집의 인테리어, 반도에서 구현된 흑해의 맛, 탁월한 플레이팅을 칭찬하며 사진을 찍어대던 중이었다.

예진의 훌쩍거림에 한철 씨는 아무런 말도 던지지 않은 채 잠자코 침묵을 지켰는데, 적어도 위로 섞인 침묵이 아니라는 건 분명해 보였다. 그는 자신의 계획과 좋았던 기분이 망쳐진 데 대한 상당한 언짢음을 일자로 꽉 닫은 입술로써 드러냈다. 흐느끼던 예진이 휴지를 움켜쥐고 눈물을 닦자 때를 기다린 한철 씨가 야단치듯 낮게 속삭였다.

"그런 얘긴 나중에 해요. 여기 예약하느라 힘들었던 거 알잖아요. 오늘은 기분 좋게 있고 싶은데."

예진은 말을 멈췄다. 갑작스런 눈물에 딸꾹질까지 나오기 시작했다.

"그러니까 내가 지금 한철 씨의 기분을 망치고 있다는 소리군요."

빨개진 얼굴에 약간의 분노를 실어 말했다.

"예진 씨?"

한철 씨가 갑자기 예진을 불렀다. 예진이 그 선언적인 부름에 자신도 모르게 고개를 쳐드는 순간 한철 씨가 몸을 쑥 내밀고 훈계했다.

"피곤해지려면 끝이 없는 거예요."

예진은 입을 닫고 더 이상의 말을 아꼈다. 백지가 된 기분이었다. 아니면 마구 낙서를 해서 구겨진 종이가 된 기분이랄까. 한철 씨는 그 뒤로 다시 음식의 맛이 어떠냐는 둥, 힙한 데는 다 이유가 있다는 둥 혼자서 '자신만의 기분 좋은 상태'로 돌아갔고 예진은 그가 짜놓은 각본에 등장하는 비중 없는 보조출연자처럼 멍하게 앉아 있다가 한순간 벌떡 일어섰다.

한철 씨는 예진을 붙잡지 않았다. 얼핏 돌아본 예진의 눈에 비친 건 혼자 묵묵히 앉아서 꼬치에 꿰인 큼직한 고깃덩이를 들여다보고 있는 한철 씨의 모습이었다. 그날 밤 예진은 잘 들어갔느냐는 한철 씨의 메시지에 답하지 않았다.

그로부터 3일간 한철 씨는 아침 9시 5분에 한 개의 메시지를 보냈고 낮 12시 50분과 저녁 8시 50분에 한 통씩 전화를 걸어왔다. 시간과 간격이 어찌나 정확한지 알람이나 자동 예약을 걸어놓은 게 분명하다고 예진은 확신했다. 한철 씨라면 그러고도 남았다. 물론 그 타이밍과 규칙성, 여가시간을 고려한 시간 배분에서는 열망이나 안타까움이 전혀 느껴지지 않았다. 예진은 분노했고 분노가 슬픔을 얼마간 앗아간다는 것에 감사했다.

네 번째 날 한철 씨에게선 연락이 없었다. 다섯 번째 날도 여섯 번째 날도. 마침내 일주일이 지났을 때 예진이 그에게 먼저 전화를 걸었다. 수화기 너머로 들리는 한철 씨의 목소리는 예의 바름 안에 거북함을 억지로 구겨넣은 것 같은 톤이었다. 그래도 한 번은 만나야 할 것 같았고, 몇 시간 후 그들은 자주 갔던 카페에 자리를 잡고 앉았다. 사실 예진은 이런 만남을 정말 싫어했다. 흔한 이별의 풍경처럼 그날도 무의미한 침묵을 견뎌야 할 거라 예상했고, 당연히 먼저 입을 여는 건 자신일 거라 생각했다. 그러나 의외로 한철 씨는 오렌지주스를 한 모금 마시자마자 입을 뗐다.

"아아. 웬일이에요, 난 우리가."

그러곤 다시 주스를 마셨는데 순식간에 잔이 비워졌다. 그러니까, 단 두 모금 만에.

"우리가 뭐요?"

예진은 짜증으로 대표되는 온갖 복합적인 감정을 넘어 진심으로 이 남자의 발언이 궁금해져서 물었다.

"정리된 사이인 줄 알았는데."

예진은 비워진 오렌지주스잔을 바라보았다. 아무리 생각해도 한철 씨를 사랑한 적은 없었다. 미안하지만 한순간도. 하지만 이처럼 이해가 안 되는 사람이 있다는 것 또한 신기했다. 그래서 예진은 이별의 중간에 난데없는 고백을 털어놓았다.

"진짜 신기한 사람인 거 알죠, 한철 씨."

예진의 말투에는 모종의 감탄이 담겨 있었고 그러자 상황과 어울리지 않게 어조는 발랄해지기까지 했다. 한철 씨는 혼란스러운 듯 잔을 집었다가 그 잔이 비었다는 걸 깨닫자 당황했다. 잊었어요? 두 모금 만에 다 마신 거? 예진은 크게 외치고 싶은 마음을 꾹 눌러 참았다. 한철 씨가 오렌지의 잔해들이 덕지덕지 붙은 컵을 만지작거리며 되물었다.

"결론은 이미 난 것 같은데 왜 자꾸 걸고 넘어가죠?"

"궁금해서 그래요."

"아직 진행 중일 때 궁금해했으면 안 됩니까."

말문이 막혔다.

"솔직히 예진 씨가 날 별로 안 좋아한다는 건 알고 있었지만⋯⋯."

예진의 시선을 외면한 채 한철 씨가 가볍게 덧붙인 말에는 노여움이 묻어 있었다.

"그럼 왜, 아니 어떻게, 그러니까 왜, 날 만난 건데요? 알았다구요?"

예진은 얼빠진 상태로 여과 없는 질문을 던졌다.

"그럼 몰랐을 거 같아요? 감정 없이 만난 거. 적어도 난 최선을 다했어요. 그래도 뭔가가, 뭔가가 꽃필 수 있다고 기대했었으니까. 날 이상하고 신기하게 보는 예진 씨 시선이 애정으로 바뀔 수 있을 거라 생각했으니까. 그런데 아니라는 거 알겠어요, 정말로요. 그러니까 이쯤에서 그만두죠."

한철 씨의 얼굴이 모욕을 당한 듯 붉어졌다. 예진은 더 말을 이을 수 없었다. 자신이 그동안 저질렀던 이기적인 행동과 진심이 결여된 말들, 자포자기한 채 시작해서 억지로 붙들고 있던 시간이 부끄럽게 떠올랐다. 먼저 가보겠다는 말을 남긴 채 예진은 나왔다. 그러고 나서 건물과 건물 사이의 구석진 곳을 찾아 한참을 울었는데 그 울음의 이유는, 연인 사이임에도 한철 씨를 제멋대로 평가했다는 자책 때문만은 아니었다. 유치한 질투심에 도원의 마음을 어그러뜨린 것도 미안했고 호계를 입 가벼운 사람으로 만들어버린 것도 죄스러웠다.

그러다 문득 예진은 이런 눈물을 흘리기엔 자신은 나이가 너무 많다고 생각했다. 이런 종류의 눈물을 흘리는 건 생에 있어서 마지막일 것이었다. 이것은 어른의 눈물이 아니니까.

그로부터 며칠에 걸쳐 천천히 떠오른 생각은 사과해야 한다는 것이었다. 도원과 호계에게.

예진은 스마트폰을 뒤져 호계가 전송한 그림들을 다시 살폈다. 네모난 액정을 채운 그림들은 날카롭고 아름다웠으며 묵직했다. 감탄을 대체한 기분 나쁜 통증이 그녀를 아프게 했다. 호계의 그림은 예진에게 중요한 어떤 것을 상기시켰다. 실은 스스로를 외면하고 살았던 게 아닐까. 삶에서 파생하는 여러 고민을 한 번이라도 내재화해 성숙시킨 적이 있던가. 언제나 외로움을 해결하기 위해 궁리했을 뿐 스스로의 얼굴을 들여다본 적이 없다……. 예진은 흐릿하고 찝찝한, 황사 같은 기분을 안고 한동안 버텼다. 그리고 마침내 호계에게 메시지를 보냈다. 작업 잘하고 있지? 그림 보고 싶다. 답장은 하루가 지나서 도착했다. 작업 중이라 늦게 봤어. 밥이나 먹자.

그렇게 해서 몇 달 만에 호계를 만나게 됐다. 예진은 무거운 마음으로 외출에 나섰다. 호계는 조금 달라 보였다. 그렇지 않아도 마르고 호리호리했던 몸은 전보다 훨씬 더 앙상해졌고 머리는 덥수룩하게 자라나 있었다. 호계와 어색하게 잡담을 나누던 예진은 갑자기 낯선 느낌에 대화를 멈췄다.

"너 근데 뭔가가 변한 거 같다."

"뭐가?"

"전엔 말 한마디도 뻣뻣하게 했었는데 뭔가 상당히 자연스러 워졌달까."

호계는 괜히 헛기침을 하더니 물었다.

"그래서 넌 잘 지내고? 새 애인이랑."

"끝났어."

예진이 쓰게 웃었다. 설명하고 싶지 않았다. 어떻게 설명해야 좋을지도 알 수 없었기 때문에.

"위로해야 하나. 별로 그런 마음은 안 들지만."

호계가 커피를 마시며 말했다. 커피숍에서 나와 걷는 동안 예 진과 호계 사이에는 긴 침묵이 이어졌다. 탁 풀리는 공기의 냄 새가 고소했다. 사나울 정도로 화려한 불빛 속에 거리는 와글와 글 시끄러웠다. 둘의 눈과 귀를 메우는 건 나란히 걷고 있는 서 로가 아니라 거리를 스쳐지나가는 무수한 타인들이었다. 가까 이 있는 두 사람이 서로의 호흡을 느끼거나 발자국 소리도 들을 수 없을 만큼.

"어지럽다……."

예진이 중얼거렸다. 들으라고 한 말은 아니었다. 정말로 혼잣 말이었다. 그랬기 때문에,

"필요하면 기대도 좋고."

라고 호계가 말했을 때 "응?" 하고 호계를 올려다볼 수밖에 없

었다. 호계는 묵묵히 앞만 보고 있었다.

"미안하단 말하려고 나왔어. 얼굴 보고 해야 할 것 같아서."

예진이 마침내 용건을 밝혔다.

"그렇게 따지면 이쪽도 미안하긴 마찬가지라. 상처주려고 한 건 아닌데 말이 너무 심했었어. 어떻게 말해야 좋을지도 전혀 모르겠어서."

"그땐 분명히 그랬는데, 도움이 되긴 했어. 나 자신을 아는데. 어쨌든 멍청한 짓이었어."

호계가 가볍게 웃었다.

"사실 상관없어. 난 네가 바보 같은 짓이라고 부른 그 실수의 크기보다 네가 더 좋으니까."

예진이 얼굴을 찌푸렸다.

"대체 어떤 점이?"

"말하라면 끝도 없이 할 수 있지. 달리 말하면 이유가 없어."

예진은 가슴속에 고마움이 차오르는 걸 느꼈다.

"있지, 너랑 있으면 내가 꽤 괜찮은 사람처럼 느껴져. 넌 정말 이지 안전한 친구야."

호계에게서 더 이상의 대꾸는 들리지 않았다. 그는 그저 앞을 바라본 채 앞으로 또 앞으로 걸음을 옮겼다. 예진은 아무래도 좋다고 생각하며 봄길이 이끄는 대로 조금 더 걸었다. 공기가 달콤했다. 평온하고 다행한 기분이었다. 그래. 이런 게 봄이지. 아무런 일 없어도 불안하고 달콤하고 조금은 몽롱한……. 붕 뜬 기분이 못마땅해도 어쩔 수 없이 이끌려가는 계절.

정리되지 않은 감정과 말도 안 되는 온갖 상념들을 모두 품은 채 어쨌든 계절은 진행하고 있었다. 봄의 속성이란 무릇 그러한 것이었으므로.

다시 여름

—

한철의 영원, 영원한 한철

타는 듯한 여름. 재인은 더위를 묵묵히 견디며 일한다. 재인은 땀 흘리는 게 좋다. 일하면서 흘리는 땀은 진하고 진실되기 때문이다. 그녀는 여전히 빵을 만들지만 이제는 전혀 다른 곳에 와 있다. 급작스런 임대료 인상을 통보받았고 현실에 따를 수밖에 없었다. 쫓겨나거나 밀려난 거라고 볼 수도 있을까. 언제나 살갑고 푸근했던 주인아주머니를 떠올리면 지금도 섭섭하지만 이해하기로 했다. 더는 전화기에 그녀가 '주인'이라고 저장되어 있지 않다는 점만은 마음에 든다.

그렇게 해서 재인은 효고동을 떠나 집에서 지하철로 여섯 정거장이 떨어진 작은 상권에 터를 잡았다. 집에서 멀지 않은 곳이라고 부를 수 있는 '적당한 거리'에 새로운 가게가 생긴 거다. 정말 많이 고민했지만 역시 마땅한 이름이 떠오르지 않아 가게 이름은 여전히 '이스트 플라워 베이커리'다. 간판이 올라가는 걸 보면서 재인은 혀를 찼다. 역시 내 작명 솜씨는 안쓰러운 수준이야. 그러나 막상 다시 가게를 오픈하자 밀려났다거나 실패했다는 생각은 전혀 들지 않았다. 새로운 공간에서 뭔가를 시작한다는 건 어쨌거나 설레는 일이니까.

오히려 가게 이전보다 힘겨웠던 건 엄마의 이사였다. 얼마 전 엄마는 오래된 집을 청산하고 다니던 병원 근처의 작은 평형 아파트로 이사했다. 그 과정에서 어떤 물건을 버리느냐를 놓고 몽땅 버리자는 재인과 하나도 버리지 못하겠다는 엄마는 지난하고 팽팽한 실랑이를 벌였다.

재인은 전에 없던 고집을 부려 아빠의 테니스 채, 온갖 기념패와 과거의 날짜가 박힌 야유회 수건들, 그밖에도 수많은 '추억 소품들'을 모조리 처분했다. 버리는 행위에는 점차 희열이 깃들었고, 가속이 붙자 재인은 집을 거꾸로 뒤집어 탈탈 털어내듯 버리고 버리고 또 버렸다. 엄마는 톡 치면 동그랗게 말리는 공벌레처럼 단단하게 버틴 채 화가 날 때는 화가 난 대로, 풀렸을 때는 풀린 대로 감정을 여과 없이 분출했다. 엄마의 머릿속 회로들은 점점 오류를 범해가고 판단의 기준은 오로지 스스로의 감정이 되며 몸은 나날이 쇠약해져간다. 엄마와 자잘한 언쟁을 벌이며 낡은 집을 비워내는 동안 재인은 끔찍한 꿈을 꿨다. 자신이 엄마의 신체 일부가 되는 꿈이었다. 그 꿈을 꾼 다음날, 재인은 멍하게 앉아 생각을 정리했다.

며칠 뒤, 엄마의 집에서 창가로 쏟아져들어오는 햇빛을 모로 받던 재인이 가볍게 말했다.

"이제 나 자주 못 와."

오래된 다기에 티백을 우려 차를 마시던 엄마는 무슨 소리냐는 듯 응? 하고 묻더니 여운이 가시기도 전에 그래라, 하고는 작은 입으로 차를 홀짝였다.

예상했던 긴 설전 대신 짧고 싱겁게 끝난 대화에 재인은 더 이상 부연을 달지 않았다. 이렇게 간단히 끝날 것을 선언하고 실행하는 데 너무 오랜 시간이 걸렸다. 공식적으로는 처음 해보는 독립선언이다. 그동안은 용기가 없어 도망만 다녔었다. 유학도 그랬고 결혼도, 이혼마저도 어떤 의미에서는 그랬다. 하지만 도망은 금세 끝을 보았고 어느새 재인은 몹쓸 자석이라도 붙은 것처럼 지긋지긋한 가족의 체취와 기억들이 눌어붙은 집으로 끌어당겨졌었다. 어쩌면 이번에도 실패할지 모른다. 그럼에도 더는 엄마의 퀭한 눈빛만으로 생을 버틸 수는 없을 것 같았다. 그것만을 삶의 연료로 삼기엔 재인은 스스로가 너무 젊다는 걸 깨달았다.

"저것들도 버려." 엄마가 먼지 낀 공예품들을 물끄러미 바라보며 말했다. 늘 지겨운 눈초리로 노려보곤 했지만 막상 엄마의 손때가 묻은 공예품들을 버리려니 망설여졌다. 엄마는 직접 그것들을 쓰레기통에 담으며 웃었다.

"사진은 다 찍어놨다. 나중에 보내줄게."

집으로 돌아오는 길, 낡고 친숙한 달리의 엔진음을 들으며 도로를 달리는 재인의 머릿속엔 언제나처럼 숱한 장면이 두서없이 지나간다. 이 계절 가장 많이 떠올린 건 봄밤의 도원 씨다. 모든 과거를 끊어내기로 결심했던 눈 오던 밤, 놀랍게도 눈길을 걸어 그가 찾아왔었다. 몇 달 만에 본 도원은 수염이 까칠했고 눈매가 더 깊어져 있었다. 재인은 몸을 피하려다 중심을 잃을 뻔했고 간신히 벽을 짚어 스스로를 지탱했다.

"사과하려고 왔어."

도원이 인사도 생략한 채 입을 열었다.

"재인 씨랑 다시 만났을 때 난 너무 기뻤어. 너무 기뻐서 이 관계가 하나의 흠도 없이 완벽하기를 바랐지. 내가 가진 못난 점들, 깊은 상처들이 우리 둘의 만남을 통해서 사라질 거라 생각했어. 우리가 처음 알았던 때, 지금보다 순수했던 때를 기억해서였을지도 몰라. 그래서 깊게 들어가지 않고 겉돌았어. 그게 어른의 연애라고 자부했지만 사실은 상상과 다른 현실을 마주하게 될까봐 일부러 외면했던 것 같아. 그래서 재인 씨한테 내가 모르는 비밀이, 이해하기 힘든 사정이 얽혀 있는 걸 알게 됐을 때 나는 너무나 화가 났었지. 재인 씨의 얘기도 들어보지 않고 끝을 말할 만큼……. 내 머릿속에서 멋대로 정해버린 모습대로 재인 씨라는 사람을 규정했던 거야."

긴 얘기를 마친 도원이 중얼거렸다.

"그런데 결국 그건 나 자신에 대한 비난이었어. 왜냐하면. 나도 말하지 않은 게 있으니까."

재인은 가만히 도원을 응시했다. 늘 맑다고만 생각했던 도원의 죄스런 과거, 그가 해를 입힌 영혼, 죽음 같았던 삶과 아무렇지 않게 다시 살아지던 일상에 대해, 쌓인 봄눈이 이슬이 될 때까지 조용히 경청했다.

도원은 재인이 알던 사람과 같은 사람일까, 다른 사람일까. 한마디로 규정할 수는 없었다. 그러나 그가 모든 고백을 마쳤을 때 재인은 이 어려운 얘기를 모두 털어내준 그가 진심으로, 깊이 고마웠다.

그럼에도 불구하고 그녀가 할 수 있는 말은 한 가지뿐이었다.

"너무 늦지 않았을까, 우리 사이에 이런 얘기가 오가는 건."

"……응, 아마도, 어쩌면."

도원이 중얼거렸다. 용서를 바라는 어린아이 같은 모습으로.

"그래도 꼭 말하고 싶었어. 이런 장면이 우리 사이에 남아 있더라도 함께하고 싶어, 재인 씨랑."

재인의 말문이 막혔다.

"사과할게. 계속 사과할 거야. 충분하다고 느껴질 때까지."

잦아드는 말끝에 도원은 옅은 미소를 얹었다. 뜻 모를 슬픔이 전해지는 미소였다. 도원이 재인을 안았다. 재인은 그 손길을 막지 않았다.

하지만 그뿐이었다. 서로를 포옹하고 있는 동안 두 사람은 느꼈다. 온기는 달아나 있었고 애써 빚어낸 예의로, 어쩌면 의리와 미안함으로, 억지로 무너지지 않게 세우려는 몸짓임을 두 사람 모두 직감했다. 아무 의지도 없이 서 있는 재인을 도원이 버티듯 안고 있었다. 도원이 힘을 푼 순간 두 육체 사이로 서늘한 바람이 불어들었다. 봄바람도 막아낼 수 없는 허약한 포옹. 너무 많은 것이 엎질러져버렸다. 결국 포옹이 풀렸을 때, 재인이 천천히 입을 열었다.

"이것만 알아줘. 도원 씨는 정말 좋은 사람이야. 그렇게 생각하면 정말 운 없고 바보 같은 때에 도원 씨를 다시 만난 게 분하고 화나. 근데 있지……."

재인이 흐트러진 머리를 쓸어올리며 호흡을 골랐다.

"난 도원 씨에게 나를 이해시킬 자신이 없어. 그 어떤 언어를 써도, 역시 안 될 것 같아. 그러니까……."

거기까지 말하고 재인은 손을 내밀어 그에게 악수를 청했다. 도원은 그 의미를 알았다.

도원 씨. 앞으로도 도원 씨를 떠올리면 언제나처럼 그의 이름이 머릿속에 분명하게 발화될 것이다. 재인이 멀리 날아가는 걸 응원하며 지켜보고 싶다던 믿음직한 음성과 함께. 비에 젖은 음악과 늘 진심이었던 따뜻한 눈빛과 함께. 피를 위하여, 라고 말하며 부딪혔던 뜨거운 주먹과 얼음보다 차가웠던 맥주잔의 기억과 함께.

이제 재인의 세계에는 엄마도 현조 씨도 도원 씨도 호계도 존재하지 않는다. 호계를 생각하면 도원과는 또 다른 느낌으로 한쪽 가슴이 아리다. 그래도 어쩔 수 없는 것은 어쩔 수 없는 것이다. 그렇게 한때 소중하고 가까웠던 것들은 다 사라졌다. 재인은 그녀가 늘 실패하던 것에 성공했다. 연결되지 않고 끊어내는 것을. 그러므로 그녀는 이제 백지처럼 결백한 영혼을 지닌 새 사람이다.

요즘 재인은 신메뉴 개발에 한창이다. 일할 때면 습관처럼 재인은 가게를 그만두게 할 수많은 가능성들을 떠올린다. 실은 꽤 큰 확률로, 2년 뒤에 이 자리를 지키고 있을 가능성보다 그렇지 못할 가능성이 더 크다고 생각한다. 당장 장사가 잘되더라도 나쁜 쪽의 변수는 차고 넘친다. 할 수 있는 거라곤 묵묵히 일하는 손끝으로 불안을 녹여내는 것뿐이다.

　재인의 신메뉴는 블루베리 시럽과 유자 시럽이 적절한 비율로 섞인 핑거케이크다. 아직 이름은 정하지 못해서 유자와 블루베리의 비율에 따라 '알파'와 '베타'라고 부르고 있다. 블랑제리에 더 가까운 가게지만, 재미 삼아 시작한 파티세리 제품들이 인기가 좋아 재인의 도전의식은 어느 때보다도 높아진 상태다.

　"힘들죠?"

　친절한 목소리가 들려온다. 아까부터 테이블에 앉아 스도쿠를 풀던 라진 씨가 새삼스런 위로를 건넨다.

　"난 베타보다 알파가 더 입맛에 맞아요. 역시 재인 씨가 만든 건 한 개로 끝나지가 않네요."

　라진 씨가 갓 구워져나온 알파를 한 개 더 입에 넣으며 말한다. 얼마 전 재인의 인스타그램을 통해 한 중학교에서 특강을 요청해왔다. 라진 씨는 그 수업을 진행한 수학 선생님이었다. 진한 에스프레소만 좋아할 것 같은 이미지이지만 의외로 단 것을 무척 좋아한다. 그리고 굳이 이 먼 길을 찾아온다. 매일매일.

"고마워요." 재인이 웃었다.

"웃지 마요. 설레니까."

라진 씨가 빈 네모칸에 숫자를 써넣으며 무심히 말한다. 동글동글 선한 인상이 해맑다.

"칭찬받으니까 좋아서요. 입으로 들어가면 끝인데, 칭찬받으면 꼭 대단한 작품이라도 만든 것 같거든요."

"작품 맞죠. 재인 씨가 만든 건데."

한 치의 망설임도 없이 그가 말한다. 마치 간단한 연산문제의 답을 말하듯.

"근데 재인 씨, 예전에 피드 올린 거에서 본 것 같은데, 빵이나 케이크 안 좋아한다고 하지 않았어요? 그렇게 말한 것치고는 땀과 근육을 온통 바쳐야만 할 수 있는 일 같아서."

라진 씨가 이번에는 베타를 손끝으로 집으며 묻는다. 재인은 잠시 고민한다. 글쎄, 정말 이유가 뭐였을까.

"그런 줄 알았는데, 잘못 알았나봐요. 라진 씨 말대로 좋아하지 않으면 이렇게 땀과 근육을 바쳐서 할 수 없는 일이에요."

"음, 그럼 어떤 점이 좋은데요?"

"바보 같은 질문이다……. 좋으니까 좋죠."

"그죠? 나도 재인 씨가 좋으니까 좋은데."

정적. 재인이 고개를 들었다. 순도 백 퍼센트의 미소가 자신을 향해 있다. 아무런 예고도 없이 사랑이 시작되려는 순간을 목격하고 있다는 게 믿기지 않았다.

영원히 거둬질 것 같지 않은 라진 씨의 미소를 보며 재인은 갑자기 엄청난 비밀을 깨달았다. 자신이 빵을 좋아하는 이유를. 창백하고 보잘것없는 덩어리가 따뜻하고 촉촉하게 부풀어오르는 게 좋아서였다. 아마도 처음부터 쭉, 그랬을 것이다. 그 사랑스런 마법의 세계에 어떻게든 꼭 동참하고 싶어서, 그래서 시작한 일이었다. 작은 감동에 목이 멘 채 재인은 겨우 입을 열었다.

"살찔 자신 있어요? 나 설탕 많이 쓰는데."

"알파부터 오메가까지, 그대의 모든 작품에 첫 시식을 할 수만 있다면."

재인이 웃었다. 단 몇 초 만에 라진 씨와 재인의 대화는 숙성됐다. 재인은 기뻐서 웃음을 빵 터뜨리고 말았다.

빵 하고 부풀어오르는 오븐 속의 빵처럼.

22

여름은 마법 같다. 단순히 열기와 습기라는 말로는 충분치 않다. 여름의 본질은 작열감과 윤기다. 올여름은 대기의 질마저 쾌적했다. 먼지 따위는 지구 반대편으로 자취를 감춘 듯 하늘은 꿈결 같은 구름을 머금은 채 내내 높고 푸르렀다.

봄에 다시 만난 예진은 눈부셨다. 하지만 그녀에게서 '안전한 친구'라는 말을 들은 후 호계는 애써 예진에 대한 마음을 접으려 부단히 노력했고, 얼마간 성공했다고 생각했다. 그래서 얼마 전 예진의 생일임을 알면서도 축하한다는 메시지 한 통 넣지 않았다.

두어 달 만에 다시 예진을 만난 자리에서 호계는 마음이란 역시 계획대로 되지 않는다는 걸 깨닫는 중이다. 예진의 작은 행동 하나, 눈빛 하나가 몸에 부딪히는 파도처럼 생생해서 호계는 그 충격적인 에너지를 외면하기 위해 본의 아니게 반쯤 몸을 돌린 채로 뻬딱하게 앉아 있었다.

한편 얼음이 가득한 다즐링을 몇 번이나 우려 마신 예진은 한탄부터 시작했다. 예진의 회사는 자금 사정으로 규모를 줄여 이사를 갔다. 그녀는 옮긴 사무실에 출근하고 있는데 상황이 좋지 않긴 마찬가지라고 했다.

"이번에 이사하면서 다섯 명이나 잘렸거든. 난 그중 내가 포함되지 않은 게 정말 이상했지. 근데 알고 보니까 다른 사람들은 연봉인상 문제가 걸려 있었고 나만 거기서 자유로운 직급이라서 데리고 온 거더라구. 안 짤린 게 아니라 못 짤린 거지. 덕분에 원래 하던 일이랑 안 해도 될 일까지 원쁠원처럼 떠맡고 있다니까?"

호계는 예진이 더 이상 효고동 거리에 머물지 않는다는 게 아쉬웠다. 자신도 그곳을 떠난 처지였지만 그래도 뭔가가 너무 빨리 변하고 사라진다는 건⋯⋯. 어쩌면 그곳이 예진을 알게 된 곳이어서 그런 걸까. 혹은 다시는 그곳에 갈 일이 없을 것 같아서일까.

며칠 뒤 호계는 외국으로 떠날 계획이다. 1년쯤 유럽에서 일하며 완전히 다른 환경에서 낯선 사람들을 관찰해보고 싶었다. 그 뒤에 어떤 날들이 펼쳐져 있을지는 섣불리 짐작하거나 감히 예상하고 싶지 않았다. 오래전부터 호계는 목적도 기약도 없는 긴 여행을 꿈꿔왔고 지금이 아니면 가지 못할 것 같기에 시기는 지금으로 정했다. 어쨌든 그래서, 고별식이라는 얄팍한 핑계로 호계는 예진의 앞에 마지막으로 앉아 있는 것이다.

마지막이라 앞으로 마음 쓸 일이 사라질 것 같아 다행이라고 생각하고 나왔지만 막상 예진을 보니 죽을 만큼 괴로웠다. 태양빛 가득한 여름날, 예진 앞의 호계는 다만 고백하지 못하는 감정을 괴롭게 끌어안은 보통의 젊은 남자일 뿐이다. 그는 극심한 피로감을 느끼면서도 앞에 놓인 초코케이크를 야금야금 먹는 예진에게 자동인형처럼 접시를 밀어주고 있었다.

"많이 변했다. 뭔데 이거?"

"어?"

"이런 사회성, 너 같지가 않아."

"뭐래."

예진의 말대로 지난 1년 동안 호계는 참 많이 변했다. 삐죽했던 성품이 적당히 닳아서 '그저 그런 진짜 어른'이 되어가는 과정인지도 모른다.

여행을 계획하고 실행하려는 과정에서 얼마 전 우연히 발견한 세바스티안과 에밀리아노의 유튜브 채널은 재미있는 추억을 상기시켰다. 그들의 채널, '주요도시 60일씩 머물기' 콘텐츠엔 지난 개월 수만큼의 도시들이 업데이트되어 있었다. 한국편을 클릭하자 대뜸 '카페이나'라는 커다란 자막이 나오더니 이어서 동글동글한 찹쌀도넛 여러 개가 화면을 꽉 채웠다. 흥분해서 '이 요물 덩어리엔 필시 고카페인이 들어 있음이 분명하다'라고 외치고 있는 두 청년 뒤로 몇 달 전의 재인과 호계가 보였다. 웃음을 참느라 입을 물고 있는 재인과 구석에서 시선을 피한 채 몸을 돌리고 서 있는 호계가.

그 영상을 본 예진이 나른하게 말했다.

"이 빵 진짜 맛있었는데."

그즈음 겪은 일들은 모두 완벽한 과거로 보내버린 듯한 목소리였다.

"그거 알아? 나 도원 씨한테 미안하다고 메시지 보냈다. 언젠가 정말 미안하다고 말하고 싶었는데 몇 달을 망설이느라 계속 메시지창에만 입력된 상태였거든. 근데 어느 날 실수로 전송버튼을 눌러버린 거야."

"답이 왔어?"

호계는 궁금해하지 않았으면 좋겠다고 생각하면서도 벌써 묻고 있었다.

"아니."

예진이 웃었다.

"그래서 더 고맙더라. 그런 답도 답이니까……."

호계도 재인에게 연락한 적이 있다. 정확히는, 카페이나 영상의 링크를 전송했었다. '사라진 공간에 묵념을'이라는 메시지와 함께. 재인은 사진으로 답을 보내왔다. 새로운 공간, 여전한 찹쌀도넛의 사진, 그리고 웃음 표시. 그게 전부였지만 그녀의 상태와 마음을 이해하기엔 그것으로 충분했다.

생각에 잠겨 있던 예진이 조용히 말했다.

"신기하지 않아? 세상은 이렇게나 위험한데 우리가 이렇게 마주앉아 평화롭게 얘기할 수 있다는 게."

"왜?"

"난 당장 뭐가 뭔지 모르겠는 회사 일만 생각해도 불안하고 미칠 것 같지만, 한편으로는 이런 생각도 해. 매일 어딘가에서 사람들이 죽고 아이들이 버려지고 백골이 된 독거인의 시신이 발견되고 천재지변과 예기치 못한 사고가 범람하는 세상이잖아. 그렇게 보면 유일하게 버틸 수 있는 방법은 일상이 무너지지 않음에 감사하는 일인 것 같아. 보잘것없이 하찮고 멋도 향도 없는 일상이지만."

우연히 시작된 얘기는 카페에서 나와 거리를 걸을 때까지 계속됐다. 예진의 말대로 세상은 위험한 곳이었다. 과거 호계가 생각한 세상은 색이 한 가지였고 그 빛깔과 모양은 구겨진 회색 종이와 비슷했다. 아득했다. 이토록 많은 색을 무시하고 한 톤으로 세상을 규정했던 시간들이. 이제 그는 나아갈 것이다. 수많은 색과 무늬를 가진 곳으로. 그가 원하는 단 한 사람의 마음을 가지지 못한 것만으로도 떠날 이유는 충분하다.

"와……."

예진이 갑자기 탄성을 질렀다. 둘은 어느새 도심 중간에 펼쳐진 공원에 들어서 있었다. 우거진 나무 사이로 비치는 햇살이 바닥에 아름다운 무늬를 냈다. 공원은 너무도 한산하고 조용해서, 먼 데서 들려오는 소음 외에는 오로지 두 사람의 발자국 소리와 규칙적인 풀벌레 울음소리밖에 들리지 않았다. 귀에서 나는 쩡한 이명이, 내리쬐는 투명한 햇볕의 소리가 아닌가 싶을 정도였다.

호계는 예진을 몰래 훔쳐봤다. 긴 속눈썹 안에서 비밀을 간직한 눈동자가 미묘하게 각을 틀며 움직인다. 그녀의 기운은 결코 변할 것 같지가 않다. 호계는 예진이 나이 든 모습을 도무지 상상할 수가 없었다.

"놀라운 얘기 해줄까."

예진에게서 비밀스러운 음성이 새어나왔다. 두어 걸음을 더 걷더니 그녀가 멈췄다.

"내가 이 지겹고 재미없고 위험한 세상에서 버틸 수 있는 이유가 있어."

"뭔데?"

예진은 대단한 비밀을 특별히 말해준다는 식으로 실눈을 치켜떴다.

"그건 말이지, 내가 한 번도 죽음을 경험해본 적이 없기 때문이야."

호계는 뜻밖의 단어를 되물었다.

"……죽음?"

예진이 고개를 끄덕였다.

"태어나서 지금까지, 서른을 눈앞에 둔 지금까지 말이야. 할머니도 살아계시고 할아버지도 계셔. 할머니는 아흔다섯, 할아버지는 아흔아홉이나 되셨지. 친척들도, 가깝거나 먼 친구 중에도, 내가 아는 사람들은 모두 살아 있는 사람들뿐이야. 놀랍지 않아? 달리 말하면, 날 만난 사람들은 절대로 죽지 않아."

괴상한 논리라고 생각하면서도 호계는 담담히 호응했다.

"행운이네."

"그치? 나도 같은 생각이야. 그래서인가, 경험해본 적이 없어선지 죽음이란 게 너무 비현실적으로 느껴져. 말도 안 되지만 가끔은 정말로 죽음이란 게 가능한 걸까, 하는 생각도 해."

"아직도 산타 믿는 건 아니고?"

예진은 그런지도 모른다며 웃었다.

"나한테 죽음이라는 건 말야, '뜻만 아는 단어' 같아. 그러니까 '우주' 같은 거지. 혹은 인터넷 부고란에 난 이름을 보는 것처럼 아주 멀고 객관적인 느낌인 거야. 나나 내 주변에는 절대로 일어나지 않는 드문 비극 같다고나 할까."

예진이 먼 곳을 봤다.

"그래서, 죽음처럼 흔한 것도 이렇게 멀리 있다면, 이 세상의 숱한 위험들은 더 멀리 있는 게 아닐까 생각해버리는 거야."

둘은 말없이 공원을 걸어나갔다. 호계는 예진이 경험하지 못한 죽음에 대해 생각했다. 아주 가까이서 본 할머니의 죽음. 그리고 끝내 자신에게도 올, 지금도 어디선가 다가오고 있을 죽음에 대해서. 그때,

"언젠간 경험하겠지?"

예진이 나직히 속삭였다. 호계가 그 생각을 하고 있던 바로 그 순간에.

"응."

호계가 답했다. 예진이 소리 없이 웃었다. 뜻 모를 말을 늘어

놓곤 부서질 듯 웃는 예진을 보자 호계는 환희와 고통을 동시에 느꼈다. 자신을 보고 미소 짓는 얼굴에 환희를 느꼈고 그녀의 웃음이 자신에게서 비롯된 것이 아니라는 사실에 고통스러웠다.

"나 너 아낀다. 네가 죽음을 알든 모르든."

호계가 말을 맺었다. 예진은 한 치의 의심도 없는 미소를 지으며 호계를 바라봤다.

"나도. 무척."

23

오늘 도원은 까다로운 손님을 기다리고 있다. 대기실에 앉아 있는 스탭들 사이에 무거운 분위기가 감돌았다. 예정된 시각 10분 전, 균상이 나타났다. 헐렁한 후드티에 실밥 터진 야구모자를 써도 체격과 눈빛에서 터져나오는 포스에 자리에서 기다리던 스탭들은 자동으로 기립한다. 도원만 빼고.

"도원이 형, 오랜만." 균상이 도원의 어깨를 툭 치며 인사를 건넨다. 도원보다 나이가 다섯 살 많지만 균상은 친한 스탭들을 형이라고 부른다. 자주 보진 못해도 도원은 균상이 자신을 신뢰한다는 걸 안다. 이 말 많은 세계에서 입이 무겁고 태도가 진중한 것만으로도 도원은 평판이 좋다. 잔뜩 예민해진 배우들에게 녹음 중 흡연을 허락해주는 것도 도원의 팁 중 하나다. 녹음실 기계들은 꽤 예민한 편이라 조심해야 하지만 예민한 기계도 예민한 배우보다는 둔감하다는 게 도원의 철학이다. 물론, 그렇게 해서라도 일이 순조롭게 진행돼야 빨리 퇴근할 수 있다는 건 녹음실 식구들만 아는 영업 비밀이다.

"어젠 술 안 드셨어요 형?"

도원의 물음에 균상은 고갤 젓는다.

"목 쓰는데 무슨 술이야, 끝나고 먹어야지. 이따 한잔할래?"

"바빠요."

엄살을 떨며 거절했다. 사실 균상이 새벽까지 지방에서 촬영을 하다 짬내서 왔다는 걸 전해들었다. 녹음이 끝나자마자 다시 촬영장으로 돌아가야 한다는 것도.

술 좋아하고 천성적으로 자유롭지만 일에 있어서만큼은 균상은 프로 중의 프로다. 과거와 변함없이 소탈한 태도야말로 그가 얼마나 자기검열이 심한 사람인지를 말해준다. 그럼에도 오늘의 이 긴장된 분위기는 유독 ADR을 싫어하는 균상의 성미 때문이다.

ADR을 아무렇지 않게 하는 배우도 많지만 유독 싫어하는 배우도 꽤 된다. 균상은 그중에서도 ADR이라면 아주 질색한다. 스스로의 연기를 복제하고 재현하는 상황에 히스테릭한 건 균상이 오랜 기간 무대 위에서 연기를 했기 때문이어서인지도 모른다. 그래서 매체 연기로 넘어왔을 때 컷의 개념에 익숙해지는 데 시간이 걸렸으며, 지금도 본인이 고갈됐다고 느낄 때는 다시 무대로 돌아가곤 한다. 특히나 상대 배우와 감정을 주고받으며 리액션할 수 있는 현장에서와 달리, 본인이 연기한 화면을 보면서 감정을 끌어쓰는 ADR은 그가 영화 공정에서 가장 싫어하는 단계 중 하나다. 그럼에도 오늘의 ADR이 큰 과제인 건 별도의 이유가 있어서다. 감정을 쏟아넣은 3분짜리 롱테이크가 모조리 엔지가 났다. 촬영 중 깔아놓은 트랙이 삐걱대는 소리가 들어간 거다. 이렇게 대사와 잡음이 동시에 물린 경우는 백 퍼센트 ADR을 해야 한다.

찍은 신 전체를 ADR해야 한다는 사실을 알렸을 때 균상은 불처럼 격노했다고 한다. 그러니 스탭들이 잔뜩 긴장한 것도 당연하다. 도원은 말린 어포마냥 굳어 있는 스탭들을 지나 돌처럼 단단한 균상의 팔을 잡았다. 그러곤 웃으며 말했다.

"그냥 해요, 형. 잘하잖아."

균상은 작게 욕을 하더니 입맛을 쩝 다시며 덧붙였다.

"알았다."

균상이 ADR 부스 안으로 들어갔다. 도원은 팝필터를 조정해주고 재떨이를 넣어준 뒤 유리벽 너머 에디팅 룸의 모니터 앞에 앉았다. 먼저 부스에 연결된 모니터를 통해 편집된 화면을 보여주면서 배우 본인이 현장에서 어떻게 연기했는지를 숙지시킨다. 그런 다음 놓치기 쉬운 부분과 꼭 짚어야 할 호흡을 이야기해준다. 물론 도원 옆엔 감독이 앉아 오케이 컷을 고르지만 감독의 지시가 너무 추상적이거나 배우의 감정을 건드릴 수위에 다다르면 도원은 유연하게 개입해 더 분명하고 기능적인 디렉션을 요구한다든가 톡백을 끄고 감독에게 의견을 전한다.

편집은 녹음과 동시에 시작된다고 해도 과언이 아니다. 도원은 현란하고도 습관적인 손동작으로 번개같이 웨이브 폼을 쪼개고 소리를 미세하게 조정하며 영상에 맞게 배치한다.

배우 입장에서 ADR 과정은 리액션을 할 수가 없어 감정을 끌어내는 게 배로 힘들다. 이미 오케이컷으로 정해진 화면을 보며, 즉 자기 자신이 연기한 모습을 보며 감정을 재현해야 할 뿐 아니라 싱크와 톤까지, 때로는 말을 더듬은 순간까지도 기술적으로 맞춰서 똑같이 구현해야 한다. 오늘처럼 분량이 많은 경우 단락을 끊어가지만 배우 입장에선 감정을 맘껏 폭발시키지도 못하기 때문에 진이 빠지긴 마찬가지다.

녹음 시간이 길어질수록 공기는 척척해져갔고 도원의 어깨는 말 그대로 무겁게 내려앉는다. 균상의 예민도는 극에 달해서 결국 물을 넣어주려고 부스 문을 연 매니저에게 괴성을 지르며 횃대 위의 수탉처럼 푸드덕거리는 진풍경이 연출됐다.

그럼에도 불구하고 선수답게 균상은 다섯 시간 반 만에, 아들을 잃고 우는 감정 연기, 괴물 같은 포효 몇 번, 속삭이듯 다짐하는 복수의 말, 욕설 수십 개, 말끝에 얹어진 숨소리, 상대 배우 없이 혼자 쳐주는 수많은 반응대사들을 모조리 해치웠다. 그러곤 못할 짓이라고 투덜대며 앞에 놓인 레모네이드를 단숨에 비우더니 다음 스케줄을 소화하러 휑 떠났다.

스탭들이 모두 떠난 뒤, 도원은 믹싱 스테이지로 자리를 옮겨 녹음된 사운드를 조금 더 세밀하게 편집한다. 앰비언스를 조정하고 특정 단어는 티 나지 않게 다른 테이크에서 부분적으로 가져다 쓴다. 모자란 소리는 라이브러리를 뒤지거나 폴리믹서 세나 씨가 녹음하고 편집해둔 소리로 대체한다.

더 정리할 곳이 없나 마우스로 화면을 오가던 도원의 손이 문득 한 지점에 멈췄다. 수민이 커다란 화면을 채웠다. 몇 달 전 이미 편집이 완료된 수민의 분량은 고작 22초다. 하지만 봉인된 22초이므로 그녀의 모습은 이 안에서 영원히 변하지 않을 것이다. 도원은 22초를 위해 수민이 쓴 시간과 열정을 가늠해본다. 그러곤 그녀의 분량을 다시 들어보고 세심하게 손본다. 아무도 알아주지 않을, 수민조차 영원히 알지 못할 정성을 영상 속에 몰래 담아놓는다. 스크린을 메운 수민은 환하게 웃고 있다. 도원이 참 좋아했던 미소, 한때나마 진심이었던 감정을 도원은 다시 반추한다.

늦은 밤, 가장 늦게 녹음실을 나온 도원은 쌀국수를 한 그릇 사먹고 일부러 거리를 빙 둘러 산책한다. 거리를 지나다 보니 통창 너머 무인 코인빨래방이 눈에 띄었다. 외관이 익숙하다고 생각하다가 도원은 그곳이 1년 전 예진과 햇볕 아래 더운 커피를 마시던 곳임을 깨닫는다. 그러고 보니 예진이 머물던 13층도 다른 사무실로 바뀌었다. 작년 여름 예진과의 사이에 발생할 뻔했던 작은 감정도 이제는 아득하게만 느껴진다. 그녀와 나눴던 사소한 대화들, 손에 쥐었던 뜨거운 커피잔의 감촉, 아지랑이를 가로지르던 인파의 모습은 점점 희미해질 것이다. 예진에게 뒤늦게 온 사과의 메시지에 도원이 답하지 않은 건 덧붙일 말이 없어서였다. 때로는 그런 관계도 있는 법이다.

재인의 베이커리였던 곳에는 '임대'라는 메모가 붙어 있다. 도원은 뒤늦게 재인을 찾아갔던 눈 오던 봄밤을 떠올린다. 마음을 부유하던 상념을 쏟아냈던 그 밤, 결국 그는 사랑을 잃었다. 그러나 모든 것을 털어놓았기에 후회는 없다. 그렇게, 쓸쓸하지만 담담히 도원은 한 관계의 끝을 받아들였다.

재인이 분주히 오가던 곳은 이제 또 다른 주인을 기다리고 있다. 기약 없이 비어 있다는 점이 마음에 들었다. 도원은 아무도 눈길을 주지 않는 작은 공백에 마음을 사로잡힌 채 오래도록 그 공간을 눈에 품었다.

늘 빛 없는 지하에만 파묻혀 있다고 생각했는데 이 거리에서 참 많은 사람을 만났구나. 도원은 가만히 지난 인연들을 회상해 본다. 끝나버렸지만, 모두 사라져버렸지만 여전히 고맙다고도, 소중하다고도 생각할 수 있었다. 그런 마음을 안은 채 도원은 지하철 역사로 내려간다.

밤의 역사, 그의 옆엔 두 연인이 서 있다. 전동차가 미끄러져 들어오자 연인은 마지못해 포옹을 푼다. 도원과 같은 칸에 여자가 타고, 남겨진 남자는 열린 문 너머 계속 손을 흔든다. 결국 지하철 문이 닫히기 전 남자가 뛰어들어보지만 문은 냉정하게 닫히고 만다. 타이밍을 놓친 남자와 여자는 아쉬움이 가득한 표정으로 유리벽 너머 손을 흔든다. 연인의 모습이 빠른 속도로 흘러 사라질 때까지 여자는 남자의 모습을 놓치지 않으려 애쓴다. 기쁨과 아쉬움이 뒤섞인 설레는 얼굴로.

이제 드디어 도원은 자신만의 공간에 들어왔다. 뜨거운 물로 샤워를 하고 맥주를 한 캔 꺼내들고 창문을 연다. 그토록 혼자

이고 싶었던 공간에, 바람대로 그는 혼자인 채로 여름밤을 바라보고 있다. 한시도 쉬지 못한 하루지만 오늘은 이상한 감상이 그의 가슴을 물들여나간다.

도원은 장식처럼 벽 한구석에 놓은 기타를 집어들어 창턱에 걸터앉는다. 그러곤 여섯 개의 줄을 조율하고 지판을 빠르게 훑는다. 손가락을 스치는 금속 줄의 감촉이 익숙한 긴장을 준다. 밴드를 했던 시절에도 그랬고 사운드 슈퍼바이저인 지금도 소리라는 건 역시 지하에 있어야 온전히 들을 수 있다고 생각해온 그다.

그렇지만 오늘은 왠지 공간 밖으로 퍼져나가는 음을 만들어내고 싶다. 도원은 곡을 연주하기 전엔 늘 녹음을 한다. 어떤 멜로디와 감상이 나올지 알 수 없으므로 그것이 가장 안전한 작곡법이다. 하지만 이 순간만큼은 마음이 빚어내는 멜로디를 잊기 전에 울려내보고 싶었다. 생각지도 못한 사이 그의 손끝이 D마이너와 A, 다시 A와 D마이너의 음율을 오간다. 그러곤 B마이너와 C샵마이너, A마이너와 B하프디미니쉬가 뒤따른다. 도원은 흥얼거리며 B마이너와 A, D마이너와 A를 거쳐 다시 D마이너에 멜로디를 붙여본다. 초봄을 닮은 나긋하고 쓸쓸한 여름 노래다. 녹음하지 않았으므로 다시는 재현될 수도, 흉내낼 수도 없는 소리다. 그는 결코 이 선율을 기억하지 못할 것이다. 하지만 괜찮다. 지금은 단지 마음에 충실한 음악을 연주하고 싶은 것뿐이므로. 그렇게 그 자신도 잊어버릴 멜로디, 누구에게도 닿지 못할 노래가 단 한차례, 공기를 진동시키며 영원히 흩어진다.

그의 노래에 예전과 같은 정열은 없다. 그러나 지난 꿈과 오늘의 밤은 여전히 그를 음악으로 돌아오게 한다. 이 잡지 못할 순간에도 도원은 언제나처럼 마음을 다해 열중한다. 자신의 얼굴에 작은 미소가 피어나고 있다는 사실을 알지 못한 채.

24

예진은 홀로 생일을 맞이했다. 장마 없는 여름 한중간이 예진의 생일이다. 그리고 이번 생일은 철저히 혼자 지내는 첫 번째 생일이었다. 늘 친구들이나 연인과 함께 생일모임을 했었지만 올해는 아니다. 몇 개의 기프티콘을 받았고 외국 여행 중인 부모님과 짧게 통화를 했으나 그게 전부다. 이사한 회사에서도 이름뿐인 팀에서 혼자 일하는 거나 마찬가지의 신세가 되어 같이 밥을 먹을 사람조차 없었다.

그런데 그것도 뭐, 그럭저럭 괜찮았다.

스스로를 위한 선물, 잘 지내고 있음을 증명하는 인스타그램 피드 따위의 장식적인 일상도 모두 생략한 채 예진은 기본에 충실한 고전적인 휴일을 보냈다. 그래봐야 배달음식을 먹으며 음악을 튼 채 종일 웹툰을 본 것뿐이었지만 생일을 '반드시 기념하고야 말아야 할 날'이 아니라고 생각하자 압박이나 시간제한 없는 게으른 휴가도 나쁘지 않았다. 이렇게 점점 늙어가는 건가, 하는 의구심이 얼핏 스치긴 했지만.

그래도 저녁이 되고 어딘가에 진원을 둔 규칙적인 개 짖는 소리를 듣다 보니 울적해져서 예진은 스파클링 와인에 얼음을 몇 조각 떨어뜨리곤 컴퓨터를 켰다. 유튜브 추천 영상들을 훑다가 우연히 뉴스채널에 접속한 예진은 세상에서 일어나는 잔혹하고 우울하고 비정한 일들에 대한 클립을 연달아 보게 됐다. 안전한 일상이라 여겼던 생활이 언제고 습격받을 수 있다는 데 생각이 이르자 갑자기 걷잡을 수 없는 공포감이 밀려들었다.

예진은 왜인지도 모른 채 지푸라기를 잡는 심정으로 인스타그램에 들어가 지인들이 무사히 살고 있는지를 차례로 확인했다. 편집된 일상이겠지만 모두들 쾌적하고 안락한 생활의 단면을 보였고 습관처럼 파이팅을 외치고 있었다. 삶도 이렇게 편집할 수 있다면 얼마나 좋을까. 예진은 야릇한 절망감에 빠진 채 속절없이 희망했다.

갑자기, 클릭된 화면에 익숙한 얼굴이 나타났다. 서늘한 충격이 예진의 몸을 타고 올랐다. 한철이 환하게 웃고 있었다. 그는 예진으로선 처음 보는 종류의 평범하고 진실돼 보이는, 즉 어색함이 사라진 미소를 띠고 있었는데 바로 그 자연스러움이 예진에겐 몹시 부자연스럽게 다가왔다. 한마디로 '내가 아는 한철씨'가 아니었던 것이다.

대체 이 사람에게 무슨 일이 일어난 건가 싶은 심정으로 추적을 하던 예진은 몇 초 만에 한철이 새로운 연애 중이라는 것을 확인했다. 사랑했든 안 했든 '전 남친의 새 여친'이라는 흥미로운 주제 앞에 지구상의 모든 일들은 잠시나마 시시해졌고, 예진은 뇌의 제어력보다 빠른 광속의 연타 클릭을 통해 TMI가 무방비상태로 노출된 한철의 근황을 낱낱이 파악해버렸다.

새로운 연인은 플로리스트였으며 이름은 '영원'이었다. 한철의 인스타는 럽스타가 되어, 맛있는 것을 먹고 즐거운 표정을 짓고 있는 한철과 영원의 모습이 지겨울 만큼 도배되어 있었으며 그보다 많은 건 한철이 찍은 영원의 일상 독사진들이었다. 영원은 '플로리스트' 하면 떠오르는 이미지에 딱 맞는 청초한 외모와 패션, 조용한 성격을 지닌 것으로 보였고 한철이 그녀를 더 좋아하고 있다는 것은 의심할 여지가 없어 보였다. 그러나 영원이 단 댓글이나 그녀의 인스타그램에 담긴 한철의 뒷모습 사진 등을 참고했을 때, 한쪽에서 일방적으로 마음을 내준 관계로 보이지는 않았다. 그러니까 지극히 일반적인, 서로에게 빠져든 연인 같았다.

예진은 한철의 뒷모습 사진에 영원이 붙인 해시태그를 가만히 바라봤다. 영원의 한철.

어둑한 방 안에서 지구상의 온갖 참극을 목도한 후, 과거 연인의 새로운 사랑을 엿보는 건 아무래도 초지구적인 느낌이었다. 예진은 브라우저를 끄고 창문을 열었다. 자신에겐 한철이었지만 누군가에겐 영원일 수 있다. 사랑에 대한 의외의 교훈을 되뇌며 예진은 불안한 달콤함을 안고 새벽이 될 때까지 졸음을 참으며 알딸딸한 상태로 머물렀다.

얼마 후 호계가 먼 여행을 떠난다며 마지막으로 보자고 했을 때, 예진은 축하해주면서도 이상한 기분에 사로잡혔다. 그녀는 묘한 궁금증을 품은 채 외출에 나섰다. 제일 궁금한 건 자신이 무엇을 궁금해하고 있는지였다.

호계는 많이 달라져 있었다. 기약 없이 떠난다는 점이 호계답기도 했고 부럽기도 했다. 이런저런 얘기를 나누며 걷던 둘은 여름의 한중간을 통과하며 한적한 공원을 걸었다. 풀벌레 소리가 적요를 강조하던 한순간, 햇빛이 너무 찬란했던 찰나, 호계가 불현듯 자신을 아낀다고 말했을 때 예진은 혼미함을 느꼈다. 낯설고도 익숙한 감정이 예진을 바람처럼 건드렸다. 예진은 단

박에 정신을 차리고 이것은 외로움의 병증이라고 서둘러 진단 내렸다. 잠깐의 흔들림을 호계가 부디 간파하지 못했기를 바라면서.

"1년이나 못 보는데 안 서운해?"

호계가 물었다.

"서운하긴 내가 왜."

"하긴 1년이란 시간은 애인 두 명쯤은 사귀고도 남을 기간이지."

호계가 말했다.

"이왕, 세 명이라고 해주라."

예진이 너스레를 떨었다.

"그건 너무 많은 거 같고. 네 달에 한 명은 심하잖아."

"심하긴. 어른처럼 군다, 너? 완전 보수화 작렬이네."

"이 정도 나이 먹었으면 가끔 어른인 척할 때도 됐지."

호계가 조용히 미소 지었다.

"하여간 돌아왔을 때 혼자이기만 해봐라."

"어쩔 건데."

예진은 부러 퉁명스럽게 말했다.

"어쩌긴."

다음 순간 호계가 예진을 획 끌어당겼다. 순식간에 예진은 호계의 품에 안겨 있었고 가슴이 밀착돼버렸다. 가슴에 닿은 호계의 심장이 무척 빨리 뛰고 있었다. 심장이 빨리 뛸 만한 대화를 하고 있진 않았는데 이건 뭐지, 하는 사이에 호계의 포옹이 천천히 깊어졌다. 예진은 굳어 있던 몸의 힘을 풀고 호계에게 기댔다. 몸이 차츰 따뜻해졌고 정신이 맥박 속으로 스며들었다. 뇌의 논리회로를 돌리기엔 해가 너무 뜨거웠고 귀 위쪽에서 들려오는 호계의 숨소리가 너무 비현실적이었다. 예진은 비틀대다 호계의 몸을 사뿐히 밀어내며 아무것도 아닌 양 등을 두들겼다.

"잘 다녀와, 넌 뭐든 잘할 테니까."

호계는 예진의 말을 듣고 싶지 않다는 듯 포옹에 힘을 실었다. 호계의 등을 두드리던 예진의 손이 허공에서 멈췄다.

"말했지, 내가 너 많이 아낀다고."

호계의 낮은 음성에 예진의 머릿속은 아득해졌다. 짧은 시간 동안 그녀는 이런저런 계산을 하고 퍼즐을 맞춰보고 미래를 예측하려 노력했다. 물론 아무짝에도 소용없었다. 이미 둘은 여름의 숲속에서 키스를 하고 있었다. 지금의 행위가 그들을 어디로 데려다줄지 예진은 도통 모르겠다고 결론내렸다. 그만둬야 한다고, 후회할 거라고, 이건 맞지 않다고, 아까운 무언가가 사라지고 있다고 생각했다. 그럼에도 지금의 입맞춤을 멈추는 건 두 사람 모두에게 절대적으로 불가능했다.

한낮의 기습적인 키스 이후 예진과 호계의 관계는 여전히 규정되지 않은 채다. 아무것도 변한 것은 없다. 호계는 이국에서 냄새가 다른 공기를 맡고 있을 테고 이제 그들은 밤낮이 뒤바뀐 공간에서 각자의 시간을 보내는 중이다.

새로운 거리에서 홀로 점심을 먹으러 가는 낮, 따사로운 바람이 햇살을 뚫고 예진의 얼굴을 어루만졌다. 이 바람이 아주 차가워질 때까지 예진은 혼자일 것이다. 더 오랫동안 혼자일지도 모른다. 고독은 아직 예진이 경험해보지 못한 세계에 숨어서 그녀를 기다리고 있다. 그러므로 예진은 사랑을 안 하는 상태인 지금을 사랑할 뿐이다. 한때의 도원처럼, 언젠가의 호계와 재인처럼.

얼마 후 예진은 큰 규모의 국제 완구 박람회를 보러 갔다. 예진이 몇 달 전부터 벼르던 행사였지만 막상 가보니 사람이 많지 않았고 덕분에 한산한 분위기를 즐길 수 있었다. 말끔한 부스를 돌며 신제품을 구경하고, 새로운 발상에 놀라고, 언제나처럼 마음을 설레게 하는 팬시용품들을 구경했다. 뛰어노는 아이들을 보니 뭔가 다행스러워져서 예진은 내친 김에 창신동 완구거리까지 나가기로 했다.

창신동은 정돈된 박람회와는 많이 다른 분위기에 정작 아이

들보다는 외국인 관광객이 더 많았다. 그러나 추억이 샘솟아서 박람회장에 있을 때와는 다른 방식으로 가슴이 뛰었다.

오래된 가게에서 젠가처럼 아슬아슬 쌓여 있는 상자들을 눈으로 훑던 예진은 어릴 때 아빠에게 선물받은 격자무늬 선물상자와 꼭 같은 것을 발견하고 작은 탄성을 질렀다. 그걸 빼내다가 상자더미를 와르르 무너뜨리는 바람에 가게 아주머니로부터 타박을 듣긴 했지만 추억 묻은 환희는 조금도 줄어들지 않았다.

집에 돌아온 예진은 어린아이가 된 기분으로 상자를 열었다. 어린 시절 본 물건들이 타임머신을 타고 돌아온 듯 그대로 들어 있었다.

이런 기분이었구나. 예진은 갑자기 자신이 왜 완구 회사에 다니는지 알 것 같았다. 장난감들이 주던 위안, 동화적인 상상과 끝없는 호기심의 세계를 딛고 지금의 그녀가 서 있는 것이다.

두근대는 마음으로 하나씩 꺼내든 물건들을 늘어놓다가 예진은 피라미드 모양의 프리즘을 발견하고 호흡을 멈췄다. 기억 속 그 모양 그대로, 아름답고 날카로웠다.

예진은 프리즘을 조심스레 집어들어 흰 벽에 대고 햇빛을 통과시켰다. 작은 조각이 뻗어내는 아름다운 빛깔. 길고 짧은 파장의 빛이 벽 위로 자연스럽게 용해되어 색깔은 분명하지만 색간의 경계는 흐릿한 부드러운 무지개를 만들어낸다.

누가 내게 다가온다면 난 이렇게 반짝일 수 있을까.

또 나는 누군가에게 다정하고 찬란한 빛을 뿜어내게 하는 존재가 될 수 있을까.

그랬으면 좋겠다. 누군가를 빛내주는 빛나는 사람이 되고 싶다.

다시 깊은 내면에서 예진은 기다린다. 기대하고 고대한다. 갈망하고 염원한다. 아름다워도 상처받아도, 아파서 후회해도 사랑이란 건 멈춰지지가 않는다. 사랑의 속성이 있다면 시작한다는 것, 끝난다는 것. 불타오르고 희미해져 꺼진다는 것. 그리고 또다시 다른 얼굴로 시작된다는 것. 그 끊임없는 사이클을 살아있는 내내 오간다는 것.

그렇게 원하든 원치 않든 사랑은 영원히 계속된다. 뜨거운 도시의 거리 위에서, 한겨울에도 늘 여름인 마음속에서, 태양이 녹아 없어질 때까지, 우주가 점이 되어 소멸하는 그날까지.

코로나 시대는 생각보다 많은 것을 앗아갔다. 익히 우리가 알고 있는 폐해 외에도 엄청난 비밀이 하나 있다. 당신은 거리에서 누군가에게 한눈에 반할 운명적 사랑의 기회를 박탈당하고 있다. 인생의 방향을 바꾸는 '우연'이라는 마법은 얼굴을 덮은 마스크의 면적만큼 줄어들었고, 서로가 서로의 매력을 알아챌 가능성은 경계심이라는 이름 뒤로 숨어버렸다. 당신이 지금 사랑을 못하고 있다면 이유는 그 때문일 수 있다. 진정 비극이라 아니할 수 없겠다.

다행히 이 작품은 이 모든 일이 시작되기 전에 쓰였다.

이 이야기는 2018년 여름부터 2019년 가을까지 《Axt》에 '일종의 연애소설'이라는 제목으로 연재됐었다. 격월 연재의 속도에 맞춘 이야기였으면 하는 욕심이 있었고 3인칭의 다소 느릿한 이야기를 써보고 싶었다. 무엇보다 커다란 사건 없이 '마음에서만 일어나는 이야기'였으면 했다. 그리하여 예기치 않게 소설은 1년간의 계절 변화를 따라가는 연애소설이 됐다.

시작부터 두렵게 느껴졌던 연재는 과연 녹록지 않았다. 연애와는 너무나 거리가 먼 나른하고 빠듯한 생활 속에, 매번 사랑이 가장 큰 지상 과제인 인물들과 가까워지는 건 관심 없는 친구의 푸념을 듣는 것처럼 고되고 따분했다. 늘 그들과 가까워졌다싶을 때쯤 마감 분량이 완성됐고 다음번 작업 때는 또다시 낯선 기분으로 잊고 있던 캐릭터의 연애감정 속으로 뛰어들어야 했다. 개인적 사정으로 6개월간 연재를 쉬기도 했지만 곡절 끝에 2019년 가을, 연재가 마무리됐다. 그러나 개작을 위해 네 명의 남녀를 다시 들여다본 건 연재가 끝나고 여덟 달이나 지난 뒤였다. 이렇듯 나는 이 작품이 나오기까지 네 사람과 숱한 만남과 이별을 거쳤다. 작업 과정에서 유일하게 연애와 닮은 지점이라고 볼 수도 있겠다.

가장 궁금했던 건, 내가 현실에서라면 그닥 가깝게 지내지 못했을 이 네 사람을 작품의 끝에서 과연 좋아하게 될 수 있을지의 여부였다. 솔직한 답은 '호기심 정도는 생길 수 있겠으나 친해지는 건 무리'였다. 너무 해맑기만 해서, 너무 복잡해서, 너무 음침해서, 너무 상처가 많아서 등의 이유에서였다. 실은 그런 목적으로 설계한 인물들이기도 했다. 멀쩡한 사회구성원 같지만 어딘가 결함이 있고 깊이 알게 되면 오히려 실망하게 될 수 있는 사람들. 평범하지만 묘사해내기 힘든 이들의 마음을 담담히 풀어내보고 싶었다.

출간을 앞두고 개작을 하면서는 새로운 고민이 생겼다. 과연 코로나 시대를 조금이라도 반영해야 하는가의 문제였다. 글을 연재했던 시기는 프리-코로나 시대였지만, 그럼에도 출간연도가 2020년인 작품이 현실과 세상의 전례 없는 비상사태를 담아내지 못하는 것이 타당한가. 우회적으로라도 전염병을 언급하거나 스치는 풍경 묘사 안에 마스크라도 넣어야 하나. 이 문제는 끝까지 나를 괴롭혔다.

고심 끝에 작품에 마스크를 씌우지 않기로 결정했다. 애초에 설정된 현실이 아닌데 거기다 마스크를 덧댄다 한들 거리의 동상에 마스크를 씌운 꼴이 될 것 같아서였다. 예진과 도원은 사회적 거리두기로 야외커피를 마시지 않았을 것이며 자영업자인 재인은 베이커리 영업이 어려워져 호계라는 알바를 고용하지 못했을 것이고, 재인과 도원이 재회한 연극 공연은 무기한 연기, 충동적이고도 갑작스런 키스를 앞두고 동시에 마스크를 내릴 사람은 없을 테니 예진과 호계의 키스 또한 자동 불발…….
아무리 생각해도 코로나 시대에는 역시 연애보다 투쟁적 생활
고와 분노가 더 어울린다. 하지만 그럼에도 나는 믿는다. 어떠
한 조건에서도 이들은 반드시 만나 사랑을 꽃피웠을 것이라고.

  황재인. 이호계. 백도원. 전예진. 본문에 성까지 모두 언급하
진 못했지만 내가 떠올린 네 사람의 이름은 이랬다. 그리고 나
는 작품이 끝날 때쯤 이들 모두를 이해하고 응원하게 됐다. 연
애소설이지만 등장인물들의 연애 성사 여부에만 천착하는 이야
기를 쓰고 싶지는 않았다. 이들은 사랑이라는 흔하고도 특별한
감정을 통과하며 자신을 확장해가고 세상을 향해 손을 내민다.
그것이 내가 그리고 싶던 사랑의 본질과 효과이기도 했다.

  지면을 내주고 출간의 기회를 준 백다흠 편집장, 교정을 도운
김서해 편집자에게 고마움의 말을 전한다. ADR 기사와 사운드
슈퍼바이저의 업무 묘사에 도움을 준 배유리 기사에게 특별히
감사드린다. 이스트 플라워 베이커리의 이름에 아이디어를 내
준 솜이와 사랑하는 가족들에게도 진한 애정의 말을 전한다.

  세상은 수상하고 위험하지만 그보다 더했던 시절은 늘 앞서
존재했고 인류는 그 시간을 모두 지나쳐왔다. 그러니 사랑에 있

어서만큼은 마음을 아끼지 말자. 나 자신에게도 타인에게도 그리고 이 세상에 대해서도. 누가 뭐래도 지금은 사랑하기에 더없이 걸맞은 때다. 그렇게 믿어본다.

2020년 초가을

손원평

프리즘

1판 1쇄 발행 2020년 9월 15일
1판 14쇄 발행 2024년 9월 2일

지은이 · 손원평
펴낸이 · 주연선

(주)은행나무
04035 서울특별시 마포구 양화로11길 54
전화 · 02)3143-0651~3 | 팩스 · 02)3143-0654
신고번호 · 제 1997—000168호(1997. 12. 12)
www.ehbook.co.kr
ehbook@ehbook.co.kr

ISBN 979-11-91071-03-0 (03810)